BIBLIOTHÈQUE DES CHEMINS DE FER

NOUVELLES

CHOISIES

D'EDGARD POË

LE SCARABÉE D'OR

L'AÉRONAUTE HOLLANDAIS

PARIS

LIBRAIRIE DE L. HACHETTE ET Cie

RUE PIERRE-SARRAZIN, N° 14

1853

PRIX : 1 FRANC.

BIBLIOTHÈQUE

DES CHEMINS DE FER

TROISIÈME SÉRIE

LITTÉRATURE ANCIENNE ET ÉTRANGÈRE

Imprimerie de Ch. Lahure (ancienne maison Crapelet)
rue de Vaugirard, 9, près de l'Odéon.

NOUVELLES CHOISIES

D'EDGARD POË

LE SCARABÉE D'OR

L'AÉRONAUTE HOLLANDAIS

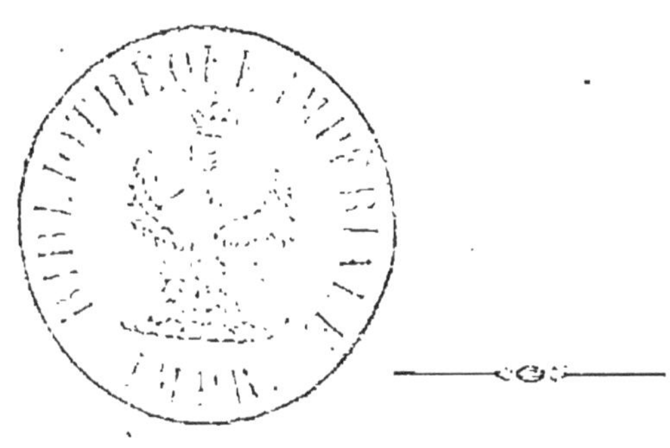

PARIS

LIBRAIRIE DE L. HACHETTE ET Cie

RUE PIERRE-SARRAZIN, N° 14

1853

PRÉFACE.

Edgar Allan-Poë, mort à l'âge de trente-huit ans, a laissé trois volumes de poésies, de petits romans, de récits étranges et d'essais critiques qu'il avait publiés dans les Revues américaines. Quelques-unes de ces compositions semblent avoir été le produit de la fièvre ou d'un cauchemar; quelques autres, au contraire, sont surtout remarquables par la réflexion froide du narrateur et l'artifice des combinaisons, vrais problèmes proposés aux physiciens et aux mathématiciens. Toutes révèlent un esprit puissant et une imagination bizarre, originale même. Avant Edgar Poë, les États-Unis avaient eu un auteur de cette école, plus allemande qu'anglaise, Ch. B. Brown; mais Edgar Poë a surpassé son maître, qui n'a sur lui que le mérite d'avoir écrit des romans plus étendus. La biographie de l'auteur du *Scarabée d'or* explique comment il lui aurait été difficile de produire des ouvrages de longue haleine.

Cette biographie racontée avec détail ressemblerait aux scènes de ses contes les plus fantastiques. Sir Edward Bulwer, assure-t-on, a peint Edgar Poë dans le personnage de Vivian, le héros nomade de la *Famille Caxton.* Edgar Poë, comme Vivian, se révolta de bonne heure contre les devoirs plus ou moins factices de la civilisation moderne. Ce besoin d'indépendance qui fait le misanthrope de salon ou le solitaire, le boudeur philosophe ou le coureur des bois, conduit aussi malheureusement à une émancipation trop complète de tout lien social et à une morale relâchée dont s'accommodent fort bien nos passions et nos mauvais instincts. Comme Vivian, Edgar Poë s'associa à des compagnons dangereux : il aimait à se distraire joyeusement de ses accès d'humeur sombre. En voulant imiter la jeunesse déréglée de Byron, réunir don Juan à Childe Harold, il oublia qu'il n'était ni grand seigneur ni fils de famille. Il suppléa au capital, qu'il n'avait jamais eu, par des dettes qu'il ne paya jamais. La société excusa d'abord ses excentricités avec l'indulgence qu'elle a toujours pour les originaux qui lui font son procès, mais elle n'admit pas qu'on pût être à la fois philosophe et joyeux viveur comme prétendait l'être Edgar Poë. Elle lut, elle admira ses fantaisies littéraires ; mais la porte des maisons honorables fut fermée au poëte quand on sut qu'il ne respectait pas lui-même son propre génie. Nous ne pouvons blâmer la société américaine de cette sévérité; et les originaux de cette force sont plus intéressants dans les romans que dans le monde. Edgar Poë fit pis encore que le héros du chef-d'œuvre de Bulwer, et il finit plus malheureusement que lui. Sous ce rapport, la leçon morale est plus complète dans la vie réelle que dans le roman.

Né à Baltimore, en janvier 1811, Edgar Poë était d'une famille honorable. Son père avait étudié en droit. Pendant son stage, il préférait les coulisses du théâtre au cabinet de l'avocat chez lequel il était placé, et il y devint amoureux d'une actrice anglaise nommée Élizabeth Arnold. Il l'enleva, l'épousa, se fit comédien et courut le monde avec elle. Ils moururent tous les deux, laissant trois jeunes enfants dans la misère. Edgar Poë, l'aîné des trois, n'avait que six ans. Il y aurait là une première excuse à son inconduite s'il n'avait été adopté par un riche marchand, M. John-Allan, qui fut pour l'orphelin le meilleur des pères, et qui ne négligea rien pour son éducation.

Pendant qu'il terminait ses études à l'université de Charlotte-Ville, le jeune Edgar, remarquable déjà par son esprit et son adresse gymnastique, habile nageur, fort à l'escrime, cité par son éloquence dans les conférences littéraires, sembla vouloir se distinguer encore plus par sa dissipation, son intempérance et ses excès en tous genres. Ses premières dettes furent payées par M. Allan; mais ses créanciers devinrent si nombreux, qu'il vit se tarir la source qui avait pourvu libéralement à ses prodigalités. Quoiqu'il se réconciliât deux ou trois fois avec ce généreux bienfaiteur, ce fut pour l'irriter bientôt par de nouvelles extravagances.

Alors commencèrent pour Edgard Poë la vie nomade et la vie littéraire. Ses débuts dans la presse lui valurent des sympathies très-prononcées, et successivement divers protecteurs. Il les paya tous d'ingratitude, comme M. Allan, et lassa les plus bienveillants. Pendant quelque temps, il y eut une certaine élégance dans son inconduite; mais il finit par se dégrader en se livrant à l'ivrognerie. Par intervalles, il semblait rougir de lui-même, et il se repentait; mais ce repentir durait si peu, qu'il ressemblait à une spéculation : car à peine lui avait-il procuré quelques subsides, qu'il retournait à ses déréglements. Qui le croirait? l'amour, cette passion qui a quelquefois transfiguré des natures vulgaires; l'amour, qui ramène la jeunesse au culte de l'idéal en lui inspirant l'ambition de plaire au moins à l'objet aimé; l'amour, pas plus que l'amitié, ne put arracher longtemps Edgar Poë à son avilissement. Peut-être il lui eût fallu passer par les épreuves d'un amour malheureux : il fut trop facilement aimé; il inspira un dévouement trop fidèle, et au lieu de le régénérer, le bonheur d'intéresser à lui un noble cœur le rendit encore plus méprisable; il fut ingrat pour la femme qui avait espéré le tirer de la mauvaise société, comme il avait été ingrat pour son père adoptif, ingrat pour tous ses protecteurs. Il souffrit littéralement dans sa misère qu'une femme mendiât pour lui. Ce fut le dernier degré d'abaissement d'une vie sans moralité et sans dignité. Edgar Poë avait vendu son âme à l'alcool, comme il l'eût vendue au diable s'il avait cru au diable, ce qui est douteux, malgré quelques-unes de ses diaboliques élucubrations. Il mourut à l'hôpital, le 7 octobre 1849, après vingt-quatre heures de délire.

Le Scarabée d'or et *l'Aéronaute* d'Edgar Poë sont deux histoires dans lesquelles les calculs mathématiques et les probabilités de la science deviennent d'une manière originale les principaux éléments de la fiction. C'est peut-être la première fois que les mathématiques et la physique inspirent un intérêt si romanesque.

Ces deux récits ont été traduits par M. Borghers, traducteur de l'*Histoire constitutionnelle d'Angleterre*, et l'un des principaux collaborateurs de la *Revue britannique*.

Voici la liste des principales compositions d'Edgar Poë :

Le Scarabée d'or. — *Aventures merveilleuses d'un certain Hans Pfaall* (c'est cette histoire que nous publions sous le titre de *l'Aéronaute*). — *Révélation mesmérique*. — *Descente au Maëlstrom*. — *Les Assassinats de la Rue Morgue*. — *La Chute de la maison Usher*. — *La Barrique d'Amontillado*. — *William Wilson*. — *Le Chat Noir*. — *Le Mystère de Marie Roget*. — *La Lettre interceptée*. — *L'Enterrement prématuré*. — *Conversation avec une Momie*. — *Le Nain du roi*. — *Le Corbeau*, poëme.

LE

SCARABÉE D'OR

LE

SCARABÉE D'OR.

Il y a quelques années que je fis la connaissance d'un M. William Legrand, descendant d'une ancienne famille de protestants français établie à la Nouvelle-Orléans, et nos rapports ne tardèrent pas à s'établir sur un pied d'intimité. Possesseur d'une belle fortune, Legrand s'était vu ruiné par une série de malheurs : il quitta la ville qu'avaient habitée ses ancêtres et alla s'installer à Sullivan's Island, près de Charleston, dans la Caroline du sud.

Cette île, qui n'est guère qu'un amas de sable marin, a environ trois milles de longueur, et nulle part sa largeur n'excède un quart de mille. Elle est séparée du continent par un filet d'eau à peine visible, qui se fraye un passage à travers un lit de vase et de joncs, espèce de canal marécageux fréquenté par les poules d'eau. La végétation, ainsi qu'on peut le supposer, y est rare, ou du moins n'y atteint que des proportions très-médiocres. On n'y voit point de grands arbres. Le palmier nain y croît, à la vérité, vers l'extrémité occidentale, où s'élève le fort Moultrie. Non loin de là, quelques chétives habitations sont occupées pendant l'été par d'honnêtes citadins, qui abandonnent alors Charleston aux fièvres et à la poussière; mais, à l'exception de cette pointe occidentale, et de la grève formée d'une substance calcaire, qui s'étend, comme une lisière blanchâtre, du côté de la mer, l'île entière offre l'aspect d'un grand buisson de myrtes : ces arbrisseaux y atteignent souvent une hauteur de quinze à vingt pieds, et forment un fourré verdoyant qui parfume l'air de ses exhalaisons embaumées.

C'est dans la partie la plus épaisse et la plus retirée de ce bocage, non loin de l'extrémité orientale de l'île, que Legrand s'était construit une petite case, qu'il habitait lorsque notre rencontre accidentelle fut, comme je l'ai dit plus haut, le prélude des relations amicales qui s'établirent bientôt entre nous. Je trouvai en lui un homme instruit, doué d'une rare intelligence, mais enclin à la misanthropie et sujet à des accès alternatifs d'enthousiasme et d'humeur noire. Il avait beaucoup de livres et lisait peu : ses principaux amusements consistaient à tirer des oiseaux et à pêcher, ou bien à flâner sur le rivage et parmi les myrtes, à la recherche de coquillages et surtout d'insectes ; il était ainsi parvenu à se former une collection entomologique qu'un Swammerdam eût enviée. Il était ordinairement accompagné dans ces perambulations par un vieux nègre appelé Jupiter, affranchi dans le temps de sa prospérité, mais qui n'avait jamais voulu renoncer à ce qu'il considérait comme son droit de suivre partout son jeune « massa Will. » Il est assez probable que la famille de Legrand, supposant son cerveau un peu dérangé, avait encouragé sous main ces dispositions du vieux Jupiter, afin qu'il servît de surveillant et en quelque sorte de gardien à son excentrique maître.

L'hiver n'est jamais bien rude sous la latitude de Sullivan's Island, et il est rare qu'on éprouve le besoin d'y faire du feu avant la fin de l'année. Il y eut cependant, vers le milieu du mois d'octobre 18.., une journée d'un froid très-vif. Le soleil était sur le point de se coucher, lorsque je traversai, non sans quelque difficulté, cette forêt de myrtes qui protégeait l'humble retraite de mon ami : j'habitais alors Charleston, éloigné de neuf milles de l'île, et les moyens de communication n'étaient pas, à beaucoup près, aussi nombreux à cette époque qu'ils le sont aujourd'hui. Arrivé à l'ermitage, je frappai, selon mon habitude ; personne ne m'ayant répondu, je cherchai la clef à l'endroit où je savais qu'on la cachait, j'ouvris la porte et j'entrai. Un bon feu brillait au foyer : c'était une nouveauté, et une nouveauté qui ne pouvait m'être qu'agréable. Je me débarrassai de mon surtout, je tirai un fauteuil auprès des bûches pétillantes, et m'étant commodément installé, j'attendis patiemment le retour de mon hôte.

Il faisait déjà nuit lorsque Legrand et Jupiter arrivèrent. Ma visite parut leur procurer une douce surprise, et leur accueil fut plein de cordialité. Jupiter, manifestant sa joie par une espèce de grimace qui dilatait sa bouche d'une oreille à l'autre, se mit en devoir de préparer quelques poules d'eau pour notre souper. Legrand était dans un de ses accès, quel autre nom pourrais-je leur donner? d'enthousiasme. Il avait trouvé un bivalve inconnu, formant un nouveau genre, et, ce qui était encore plus important à ses yeux, il avait découvert et capturé, avec l'assistance de Jupiter, un scarabée qu'il croyait aussi être entièrement nouveau, mais sur lequel il désirait avoir mon opinion le lendemain.

« Et pourquoi pas ce soir? demandai-je en me frottant les mains devant la flamme, et donnant mentalement au diable toute la race des scarabées.

— Ah! s'écria Legrand, si j'avais su que vous étiez ici! Mais il y a si longtemps qu'on ne vous a vu; et comment pouvais-je deviner que vous vous mettriez en route par un froid pareil, pour venir me rendre visite? Le fait est que j'ai rencontré, en revenant ici, le lieutenant G..., et que j'ai fait la sottise de lui prêter l'insecte, qu'il a porté au fort; impossible donc de le voir avant demain matin. Mais restez ce soir avec nous, et j'enverrai Jupiter le chercher au lever du soleil. C'est la chose la plus merveilleuse que vous ayez jamais vue.

— Quoi? le lever du soleil?

— Eh non! l'insecte! Figurez-vous une créature de la grosseur d'une noix d'*hickory*[1], un corsage d'un magnifique jaune doré, avec deux taches d'un noir de jais, près d'une des extrémités du dos, et une autre un peu plus longue, à l'extrémité opposée; les antennes....

— Et moi répéter à vous, massa Will, interrompit ici Jupiter, *carabé* être d'or, d'or massif, dedans et tout, excepté ailes; moi n'avoir jamais vu de ma vie *carabé* lourd comme ça.

— Eh bien! en supposant que cela soit, répliqua Legrand qui paraissait prendre la chose un peu plus sérieusement qu'elle ne le méritait, est-ce une raison pour laisser brûler notre souper? La couleur de cet insecte, poursuivit-il en se tournant vers moi, suffirait presque pour justifier l'idée de Jupiter : on ne saurait imaginer de reflets métalliques

1. Espèce de noyer d'Amérique, d'un bois très-dur.

plus brillants que ceux de ses élytres. Mais vous ne pourrez en juger que demain; en attendant, je vais toujours vous donner une idée de sa forme. » A ces mots, il s'assit devant une petite table, sur laquelle étaient une plume et une écritoire, mais pas de papier. Il en chercha dans un tiroir de la table, et n'en trouva point.

« C'est égal, dit-il, voici qui fera l'affaire ; » et tirant de la poche de son gilet quelque chose qui me parut être un morceau de papier commun fort sale, il y traça avec la plume un croquis de son insecte. Pendant ce temps, je ne quittai pas ma place auprès du feu, car je n'étais pas encore complétement réchauffé. Quand mon ami eut fini, il me passa son dessin, sans se lever. Au moment même où je le recevais de sa main, une espèce de hurlement plaintif, suivi d'un grattement à la porte, se fit entendre au dehors. Jupiter alla ouvrir, et un gros chien de Terre-Neuve, qui appartenait à Legrand, se précipita dans la chaumière, et bondissant sur moi avec une impétuosité qui faillit me renverser, m'accabla de caresses : nous étions de vieilles connaissances. Ce fut seulement après ce petit incident que je regardai le papier que m'avait donné Legrand, et, à vrai dire, je me trouvai assez embarrassé.

« Voilà, dis-je après l'avoir examiné, voilà, il faut en convenir, un animal extraordinaire et tout à fait nouveau pour moi. Je n'ai encore rien vu, jusqu'à ce jour, qui ressemble à cela, à moins que ce ne soit une tête de mort.

— Une tête de mort! répéta Legrand; en effet, vous avez peut-être raison; il a quelque chose de cela sur le papier. Les deux taches supérieures figurent les yeux, n'est-ce pas? et la tache allongée qui se trouve plus bas peut passer pour la bouche; et puis la forme de l'ensemble est ovale.

— C'est peut-être cela, répondis-je; mais, après tout, je crains, Legrand, que vous ne soyez pas artiste. J'attendrai donc, avec votre permission, pour me faire une idée exacte de votre insecte, que je l'aie vu en personne.

— Je ne sais comment cela se fait, reprit Legrand un peu piqué; mais je crois pourtant dessiner passablement; du moins je le *devrais*, car j'ai eu de bons maîtres, et je ne suis pas tout à fait maladroit.

— Alors, mon cher ami, lui dis-je, vous vous amusez à mes dépens. C'est bien là une tête de mort, je dirai même une tête de mort fort bien faite, d'après toutes les idées reçues en pareille matière; et si votre scarabée ressemble à cela, c'est incontestablement l'animal le plus curieux qu'il y ait au monde. Nous pourrions même fabriquer là-dessus quelque légende bien effroyable. Je présume que vous lui donnerez le nom de *scarabeus caput hominis*, ou quelque chose d'analogue. On trouve dans les livres d'histoire naturelle beaucoup de dénominations semblables. Mais où sont donc ces antennes dont vous parliez?

— Les antennes! s'écria Legrand que cette petite discussion paraissait animer singulièrement. Parbleu! vous devez les voir, les antennes! je les ai faites aussi distinctes qu'elles le sont dans l'insecte même, et je pense que cela doit suffire.

— C'est possible, lui dis-je; mais ce qu'il y a de certain, c'est que je ne les vois pas. » Et ne jugeant pas à propos de pousser les choses plus loin, je lui rendis son papier sans autre observation. J'étais surpris, je l'avoue, de la tournure qu'avait prise la conversation; je ne comprenais pas la susceptibilité de mon ami. Quant au dessin de l'insecte, il était bien positif qu'on n'y voyait aucune trace d'antennes, et que le tout ressemblait à l'image ordinaire d'une tête de mort.

Legrand prit le papier de fort mauvaise grâce, et il se disposait à le froisser dans sa main pour le jeter au feu, lorsque, ses yeux étant tombés par hasard sur le dessin, il parut tout à coup en proie à quelque puissante émotion : son visage se colora d'une vive rougeur, puis redevint presque aussitôt d'une pâleur mortelle. Il continua pendant quelque temps d'examiner le dessin avec la plus grande attention. Enfin il se leva, prit une chandelle sur la table, et alla s'asseoir sur un coffre, à l'autre bout de la chambre : là, il se livra de nouveau à une investigation minutieuse du papier, qu'il tourna dans tous les sens sans proférer un mot. Cette conduite bizarre m'étonnait beaucoup ; je crus néanmoins devoir m'abstenir de tout commentaire, pour ne pas exciter encore une humeur irritable. Mon ami, ayant apparemment achevé son examen, tira de la poche de son habit un portefeuille, y déposa soigneusement le papier, et serra le tout dans un pupitre, qu'il ferma à clef. Cela fait, il parut plus calme ; mais l'enthousiasme qu'il avait naguère manifesté au sujet de son scarabée avait entièrement disparu. A mesure que la soirée s'avançait, il devenait de plus en plus rêveur, et je fis de vains efforts pour l'arracher à ses distractions continuelles. Je m'étais proposé de passer la nuit dans son ermitage, comme je l'avais fait plus d'une fois auparavant ; mais le voyant si absorbé, je me décidai à me retirer. Il ne fit pas d'instances pour me retenir, mais au moment où je prenais congé de lui, il me serra la main avec un redoublement de cordialité.

Près d'un mois s'était écoulé, et je n'avais plus entendu parler de Legrand, lorsque je reçus à Charleston la visite de son vieux serviteur Jupiter. Le bon nègre ne m'avait jamais paru aussi abattu, et la première idée qui me vint en le voyant, c'est qu'il était arrivé quelque malheur à mon ami.

« Eh bien, Jupin ! lui dis-je, qu'y a-t-il de nouveau ? Comment se porte votre maître ?

— Ah ! massa, lui pas aussi bien que voudrais moi.

— Pas bien, dites-vous ? Je suis vraiment fâché d'apprendre cela. Qu'a-t-il donc ?

— Voilà l'affaire, qu'a - t - il ? lui jamais se plaindre ; mais lui bien malade pourtant !

— Bien malade, Jupiter ! que ne me disiez-vous cela tout de suite ? Est-ce qu'il serait alité ?

— Non, massa, lui pas dans lit : voilà justement la chose ! Mais moi très-inquiet au sujet de massa Will.

— Jupiter, expliquez-vous d'une manière plus intelligible. Votre maître est malade ; ne vous a-t-il pas dit quelle était sa maladie ?

— Bon Dieu ! massa, pas mettre vous en colère. Massa Will dit lui avoir rien du tout. Mais alors pourquoi lui aller toujours seul, tout pensif, la tête penchée comme ça ? Et puis, lui faire du matin au soir des chiffres et toute sorte de figures extraordinaires sur ardoise. Moi être obligé d'avoir continuellement œil sur lui. L'autre jour, lui avoir pris la clef des champs avant soleil levé, et être resté dehors jusqu'à la nuit. Moi avoir coupé gros bâton pour donner à lui bonne correction quand lui reviendrait. Mais nègre si bête, pas avoir courage. Massa Will avoir l'air si souffrant !

— A la bonne heure, Jupiter! Il ne faut pas être trop dur avec votre pauvre maître; surtout gardez-vous bien de le battre; il n'est pas en état de supporter de mauvais traitements. Mais quelle peut donc être la cause de cette maladie, ou plutôt de ce changement de conduite? Est-il survenu quelque accident, rien de fâcheux depuis que je vous ai vus?

— Non, massa, rien être arrivé depuis; mais être arrivé avant, moi avoir peur; être arrivé jour même que vous étiez là-bas.

— Comment! que voulez-vous dire?

— Oui, moi vouloir dire *carabé*, là.

— Quoi?

— *Carabé*, petite bête. Moi être certain massa Will avoir été mordu à la tête par *carabé* d'or.

— Et qu'est-ce qui vous fait supposer cela, Jupiter?

— Parce que moi n'avoir jamais vu *carabé* enragé comme celui-là, massa; lui mordre et égratigner tout ce qui approchait lui. Massa Will attraper lui d'abord, mais lâcher lui bien vite : être alors sans doute que lui avoir été mordu. Moi aimer pas la mine de *carabé*, et vouloir pas prendre lui avec mes doigts, mais attraper lui avec un morceau de papier que moi trouver; moi envelopper lui dans papier, et fourrer aussi morceau de papier dans la bouche à lui : c'est comme ça.

— Ainsi vous croyez que votre maître a été réellement mordu par le scarabée, et que c'est cette morsure qui l'a rendu malade ?

— Moi croire rien, moi être sûr. Pourquoi lui rêver tant d'or, sinon parce que *carabé* d'or avoir mordu lui ? n'être pas la première fois que moi entendre parler de *carabés* d'or.

— Mais comment savez-vous qu'il rêve d'or ?

— Comment moi savoir ? parce que lui parler d'or pendant que lui dormir. Être comme ça que moi savoir.

— Eh bien, Jupin, vous avez peut-être raison. Mais à quelle heureuse circonstance suis-je redevable de votre visite ? M. Legrand vous a-t-il chargé de quelque message pour moi ?

— Non, massa ; moi apporter lettre que voici. » Et il me présenta un billet ainsi conçu :

« Mon cher,

« Pourquoi ne venez-vous plus me voir ? Vous seriez-vous formalisé de quelques petites brusqueries dont j'ai pu me rendre coupable ? C'est une supposition à laquelle je ne saurais m'arrêter.

« J'ai eu, depuis que je vous ai vu, un grand poids sur l'esprit, un grand sujet d'anxiété. J'ai quelque chose à vous communiquer, mais je ne sais comment m'y prendre, je ne sais même pas si je dois le dire.

« Je suis, depuis quelques jours, légèrement indisposé, et ce pauvre Jupin me tourmente, au delà de toute expression, par ses soins à bonnes intentions. Le croiriez-vous ? Il s'était muni l'autre jour d'une espèce de gourdin, avec lequel il ne se proposait rien moins que de m'administrer une petite correction, pour m'être permis de m'échapper et d'aller passer la journée, seul, sur la terre ferme, au milieu des montagnes. Je crois, en vérité, que je ne suis redevable qu'à ma mine de malade d'avoir échappé à la bastonnade.

« Rien de nouveau dans ma collection.

« Si vous pouvez vous arranger de manière à revenir avec Jupin, vous m'obligerez beaucoup. Venez, je vous en prie ; je désire vous voir *ce soir même*, pour affaire urgente. Il s'agit, je vous assure, d'une affaire de *la plus haute importance.*

« Tout à vous,

« WILLIAM LEGRAND. »

Ma première impression, en lisant ce billet, fut un sentiment d'inquiétude. Ce n'était pas là le style ordinaire de Legrand. Quelle nouvelle idée lui était passée par la tête ? Quelle pouvait être cette affaire de *la plus haute importance*, pour laquelle il réclamait mon concours ? Je n'augurais rien de bon de tout ce que m'avait dit Jupiter. Je craignais que des chagrins secrets, se rattachant à ses revers de fortune, n'eussent fini par altérer la raison de mon ami. Il n'y avait donc pas à hésiter : je me mis immédiatement en devoir d'accompagner le vieux nègre.

En arrivant au quai, je remarquai une faux et trois bêches, toutes neuves en apparence, au fond du bateau dans lequel nous devions nous embarquer.

« Que signifie tout cet attirail, Jupin? demandai-je.

— Être faux, massa, et bêches aussi.

— Je le vois bien. Mais pourquoi ces outils sont-ils là?

— Parce que massa Will avoir dit à moi acheter pour lui faux et bêches en ville, et eux avoir coûté à moi terriblement cher.

— Mais, au nom du ciel, qu'est-ce que votre « massa Vill » veut faire avec des faux et des bêches?

— Ah! pour cela, lui seul savoir!... Mais tout ça venir de *carabé.* »

Voyant qu'il n'y avait rien à tirer de Jupiter, dont toutes les facultés intellectuelles semblaient être absorbées par son *carabé*, j'entrai dans le bateau, et la voile fut déployée. Favorisés par une bonne brise, nous abordions après une courte navigation dans la petite anse qui se trouve au nord du fort Moultrie, et après une demi-heure de marche nous arrivâmes à l'ermitage. Il était environ trois heures de l'après-midi. Legrand nous attendait avec impatience. La vivacité nerveuse avec laquelle il saisit et serra la main que je lui offrais, confirma tout d'abord mes soupçons. Il était pâle, excessivement pâle, et ses yeux, enfoncés dans leurs orbites, brillaient d'un étrange éclat. Après quelques questions sur l'état de sa santé, je lui demandai, faute d'un autre sujet de conversation, si le lieutenant G.... lui avait rendu son scarabée.

« Oui, oui, répondit-il en rougissant beaucoup, il me l'a rendu le lendemain matin. Je ne m'en séparerais pas aujourd'hui pour tout au monde. Savez-vous bien, à propos de ce scarabée, que Jupiter avait tout à fait raison?

— En quoi, raison? demandai-je avec un triste pressentiment.

— Eh bien! en supposant que c'était un vrai scarabée d'or. » Il prononça ces mots avec un sérieux qui me serra le cœur.

« Ce scarabée, poursuivit-il avec un sourire triomphant, est destiné à faire, ou plutôt à relever ma fortune. Est-il donc étonnant que j'y attache un si grand prix? Il ne s'agit plus pour moi, maintenant, que d'en faire l'usage convenable, et j'arriverai au trésor auquel il doit me conduire. Jupiter, apporte-moi ce scarabée.

— Quoi! *carabé*, massa? Moi aimer mieux avoir

rien à faire avec carabé; vous, prendre *carabé* vous-même. » Là-dessus Legrand se leva d'un air grave et majestueux; il prit l'insecte sous un petit globe de verre qui le recouvrait, et me l'apporta. C'était un magnifique scarabée, d'une espèce alors inconnue aux naturalistes, et par conséquent d'une assez grande valeur au point de vue de la science. Il avait deux taches noires circulaires vers l'une des extrémités du dos, et une tache longitudinale à l'autre extrémité; ses élytres, très-dures et lustrées, paraissaient d'or bruni. Le poids de cet insecte était aussi fort remarquable, et à tout prendre, on pouvait concevoir jusqu'à un certain point l'opinion que s'en était faite Jupiter; mais que Legrand affectât d'adopter cette opinion, c'était une chose qui passait tout à fait ma compréhension.

« Je vous ai envoyé chercher, dit-il d'un ton sérieux, lorsque j'eus achevé d'examiner l'insecte, je vous ai envoyé chercher, afin de pouvoir, avec votre assistance et vos conseils réaliser les intentions du destin, dont ce scarabée est....

— Mon cher Legrand, m'écriai-je en l'interrompant, vous êtes certainement indisposé, et vous ferez bien de prendre quelques petites précautions indispensables. Vous allez, pour commencer, vous mettre au lit, et je resterai auprès de vous, quelques jours, s'il le faut, jusqu'à ce que vous soyez complétement rétabli. Vous avez de la fièvre, et....

— Tâtez mon pouls, » dit-il.

Je le tâtai effectivement, et je dois déclarer que le pouls ne manifestait pas le moindre indice de fièvre.

« Mais, repris-je, on peut être malade sans avoir la fièvre. Permettez que je vous fasse une ordonnance. D'abord, vous allez, ainsi que je le disais, vous coucher; ensuite....

— Vous vous trompez, mon ami, dit-il. Je me porte aussi bien que le permet l'état d'excitation morale dans lequel je me trouve en ce moment. Si vous voulez que je me porte tout à fait bien, il n'y a qu'une chose à faire, c'est de soulager cette excitation.

— Et par quel moyen?

— Par un moyen très-simple. Jupiter et moi nous allons partir pour une expédition dans les montagnes, sur la terre ferme, et pour cette expédition nous aurons besoin de l'aide de quelqu'un en qui nous puissions avoir une entière confiance. Ce quelqu'un, c'est vous.

— Je désire faire tout ce qui peut vous être agréable, répliquai-je, mais prétendez-vous dire que ce maudit scarabée ait quelque rapport avec cette expédition que vous projetez?

— Incontestablement.

— En ce cas, je ne vous accompagnerai pas; car tout cela me paraît absurde.

— J'en suis fâché, très-fâché; car nous serons bien obligés d'essayer de nous passer de vous.

— Essayer de se passer de moi! Mais il est fou, décidément! Voyons, Legrand, combien de temps comptez-vous être absent?

— Probablement toute la nuit. Nous allons partir sur-le-champ, et nous serons de retour, dans tous les cas, au lever du soleil.

— Et vous me promettez, sur l'honneur, qu'après que je vous aurai passé ce caprice, et que l'affaire du scarabée (bon Dieu!) sera terminée à votre satisfaction, vous reviendrez ici, et suivrez exactement mes prescriptions, comme vous feriez celles de votre médecin?

— Je vous le promets. Et maintenant en route, car nous n'avons pas de temps à perdre. »

Ce fut avec un sentiment pénible que je me décidai à accompagner mon ami. Nous partîmes vers quatre heures, Legrand, Jupiter, le chien et moi. Jupiter portait la faux et les bêches; il avait insisté pour s'en charger, moins, à ce qu'il me parut, par zèle ou par complaisance, que par crainte de laisser ces dangereux instruments à portée de son maître. Il avait, du reste, l'air de fort mauvaise humeur, et les mots « damné *carabé*, va! » furent les seuls qui lui échappèrent pendant toute la route. J'avais, pour mon compte, deux lanternes sourdes, Legrand s'étant réservé pour sa part le scarabée, qu'il portait attaché au bout d'une petite corde à fouet, et qu'il faisait tournoyer de côté et d'autre en marchant, avec l'air d'un magicien. A la vue de ce dernier et évident symptôme de l'aberration mentale de mon ami, j'eus peine à retenir mes larmes. Cependant, en y refléchissant, je jugeai que je n'avais rien de mieux à faire qu'à continuer de me prêter à son caprice, jusqu'à ce que je fusse en état de prendre, avec quelque chance de succès, des mesures plus énergiques. Mais j'essayai vainement d'obtenir de lui quelques explications sur l'objet de l'expédition. Une fois assuré de ma coopération, il parut peu disposé à lier conversation sur ce sujet, et se borna à répondre à toutes mes questions: « Nous verrons! »

Nous traversâmes dans un batelet le canal qui sépare l'île de la terre ferme, et gravissant les hauteurs du continent, nous avançâmes, dans la direction du nord-ouest, à travers un pays sauvage et désert, où l'on n'apercevait aucun vestige de créatures humaines. Legrand nous guidait d'un pas assuré; de temps à autre seulement, il s'arrêtait un instant pour consulter certains signes de reconnaissance qu'il paraissait avoir tracés ou établis lui-même dans une précédente occasion.

Nous marchâmes ainsi pendant deux heures

environ, et le soleil se couchait au moment où nous entrions dans une région incomparablement plus désolée que tout ce que nous avions vu jusqu'alors. C'était une sorte de plateau situé vers le sommet d'une montagne presque inaccessible, couverte, de la base à la cime, de bois entremêlés d'immenses quartiers de roche. Ces blocs, épars çà et là, n'étaient souvent soutenus que par les arbres placés immédiatement au-dessous, et sans lesquels ils auraient roulé dans les vallées. Des ravins profonds, sillonnant le sol dans tous les sens, ajoutaient encore à la sublime horreur du paysage.

Le plateau naturel sur lequel nous nous trouvions était tellement hérissé de broussailles, que nous ne tardâmes pas à reconnaître qu'il nous aurait été impossible de nous y frayer un chemin sans le secours de la faux; et Jupiter, sur l'ordre de son maître, se mit à ouvrir un passage jusqu'à un gigantesque tulipier entouré d'un groupe de huit à dix chênes, qu'il surpassait de beaucoup, ainsi que tous les autres arbres des environs, par la richesse de son feuillage, par le développement de ses rameaux et par la majesté générale de ses proportions. Quand nous fûmes arrivés au pied de cet arbre, Legrand se tourna vers Jupiter et lui demanda s'il croyait pouvoir y grimper. Cette interpellation inattendue parut étourdir le vieux noir un instant; enfin, il s'approcha de l'énorme tronc et en fit lentement le tour, l'examinant avec un soin minutieux. Lorsqu'il eut terminé cette inspection, il se contenta de répondre:

« Oui, massa; Jupiter grimper tous les arbres que lui avoir jamais vus.

— En ce cas, tu vas grimper sur celui-ci le plus vite que tu pourras; car il fera bientôt trop nuit pour que nous voyions clair à nos affaires.

— Jusqu'où moi grimper, massa? demanda Jupiter.

— Commence par grimper jusqu'à la naissance des branches, et je te dirai ensuite ce que tu auras à faire. Mais attends, il faut prendre le scarabée avec toi.

— *Carabé*, massa! *carabé* d'or! s'écria le nègre tout déconcerté et faisant un pas en arrière; et pourquoi donc falloir moi monter avec *carabé* dans l'arbre? Diable emporte! moi pas vouloir.

— Si tu as peur, Jupin, grand et fort comme tu l'es, de toucher un petit insecte mort, qui ne peut te faire aucun mal, tu n'as qu'à le tenir au bout de cette ficelle; mais si tu ne le montes pas avec toi, d'une manière ou d'une autre, je serai obligé de te casser la tête avec la bêche que voici.

— Eh bien! quoi donc, quoi donc à présent, massa? dit Jupiter évidemment honteux de sa poltronnerie. Vous toujours chercher querelle à vieux nègre. Moi dire ça pour rire. Moi avoir peur de *carabé !* allons donc! » A ces mots, il prit avec précaution l'extrémité de la ficelle, et tenant l'insecte aussi éloigné de sa personne que les circonstances le permettaient, il se disposa à escalader l'arbre.

Le tulipier (*liriodendron tulipiferum*), le plus magnifique des arbres forestiers de l'Amérique, a dans sa jeunesse un tronc très-lisse, et s'élève souvent à une grande hauteur sans projeter de branches latérales. Mais plus tard son écorce devient rugueuse, et de petits rudiments de branches poussent en assez grand nombre sur sa tige. La difficulté de l'ascension était donc plus apparente que réelle. Embrassant de son mieux avec ses bras et ses genoux le tronc cylindrique, s'attachant avec ses mains aux différentes projections qui se présentaient à sa surface, tandis qu'il appuyait sur d'autres ses pieds nus, Jupiter, après avoir une ou deux fois manqué de tomber, parvint enfin à se hisser jusqu'à la première grande bifurcation du tronc, et une fois arrivé là il parut considérer sa tâche comme accomplie. Le fait est que, à une élévation de soixante à soixante-dix pieds du sol, le plus difficile de l'affaire était fait.

« Quel côté moi aller à présent, massa Will? demanda-t-il.

— Suis toujours la tige principale, celle qui est

de ce côté-ci, » dit Legrand. Le nègre obéit aussitôt, et continua de s'élever, sans rencontrer en apparence d'obstacles sérieux, jusqu'à ce qu'il eût entièrement disparu dans l'épaisseur du feuillage Tout à coup sa voix se fit entendre de nouveau.

« Falloir monter encore plus haut, massa?

— A quelle hauteur es-tu ? demanda Legrand.

— Moi voir ciel au haut de l'arbre, répondit le nègre.

— Ne t'occupe pas du ciel, mais fais bien attention à ce que je vais te dire. Regarde en bas, et compte les branches qui se trouvent maintenant au-dessous de toi, toujours de ce côté-ci. Combien de branches as-tu passées ?

— Une, deux, trois, quatre, cinq. Moi avoir passé cinq grosses branches de ce côté-ci, massa; moi être sur la sixième.

— En ce cas, monte encore d'une branche. »

Au bout de quelques minutes, le nègre cria qu'il était arrivé à la septième branche.

« C'est bien, Jupin, dit Legrand, qui paraissait toujours plus excité. A présent, il s'agit d'avancer sur cette branche aussi loin que tu le pourras. Si tu vois quelque chose d'extraordinaire, tu me le diras. »

Le peu de doutes que j'avais pu conserver sur l'état mental de mon pauvre ami avaient disparu. Il n'était plus possible de se faire illusion à cet égard : c'était une folie bien caractérisée, et je commençai à songer sérieusement aux moyens de ramener Legrand chez lui. Pendant que je réfléchissais sur ce que je devais faire, la voix de Jupiter se fit entendre de nouveau :

« Moi pas oser aventurer moi bien loin sur la branche; être presque tout bois mort.

— Tu dis, Jupiter, que c'est une branche morte? cria Legrand d'une voix altérée.

— Oui, massa; être branche morte, bien morte.

— Que faire? au nom du ciel! demanda Legrand en proie à une vive agitation.

— Que faire? repris-je, heureux de trouver cette occasion d'entrer en matière : nous en retourner, comme d'honnêtes gens, coucher à l'ermitage. Voyons, Legrand, il se fait tard, et vous vous souvenez de votre promesse.

— Jupiter! cria-t-il sans prêter la moindre attention à ce que je disais, Jupiter! m'entends-tu?

— Oui, massa Will, moi entendre vous très-bien.

— Eh bien! fais une entaille dans le bois avec ton couteau, et vois s'il est tout à fait pourri.

— Lui pourri, massa, répondit le nègre au bout de quelques instants; mais pas tout à fait pourri. Moi pouvoir avancer sur la branche tout seul, c'est vrai.

— Comment, *tout seul!* qu'entends-tu par là?

— Moi entendre *carabé*. *Carabé* bien lourd. Supposons moi lâcher lui, et la branche pas casser avec poids de nègre tout seul.

— Impudent maraud! s'écria Legrand qui me parut avoir l'esprit soulagé d'un grand poids; comment oses-tu me conter de pareilles balivernes? Si tu as le malheur de lâcher l'insecte, je te casse le cou. Entends-tu bien cela?

— Oui, massa. Pas fâcher vous pour ça.

— Eh bien donc, écoute maintenant. Si tu avances sur cette branche aussi loin que tu croiras pouvoir le faire avec prudence, et cela sans lâcher l'insecte, je te fais cadeau d'un dollar d'argent lorsque tu descendras.

— J'y vas, j'y vas, massa Will, répliqua aussitôt le nègre; là, moi être déjà presque au bout.

— *Au bout!* répéta Legrand. Prétends-tu dire que tu es au bout de la branche?

— Tout à l'heure, massa. O.... ô.... oh!... miséricorde!... Quoi donc li être là-bas sur la branche?

— Eh bien! s'écria Legrand enchanté, qu'y a-t-il?

— Li être seulement tête de mort. Quelqu'un avoir laissé tête à lui sur l'arbre, et corbeaux avoir mangé toute la chair.

— Une tête de mort, dis-tu? à merveille! Et comment tient-elle à la branche?

— Attendez, massa; moi va regarder. Oh! oh! être bien singulier! li être gros clou fiché dans tête de mort et attacher elle à la branche.

— C'est parfait. A présent, Jupiter, tu vas faire exactement ce que je vais te dire. M'entends-tu bien ?

— Oui, massa.

— En ce cas, attention ! Cherche l'œil gauche de la tête de mort.

— Oh ! ah !... être drôle. Moi pas voir œil gauche du tout.

— Imbécile !... Ne sais-tu donc pas distinguer ta main droite de ta main gauche ?

— Bien sûr, moi savoir ça : être main gauche avec quoi moi fendre du bois.

— Sans doute, puisque tu es gaucher. Eh bien ! ton œil gauche est du même côté que ta main gauche. A présent, j'imagine que tu es en état de trouver l'œil gauche de la tête de mort, ou du moins la place où était l'œil gauche. L'as-tu trouvé ? »

Il y eut une longue pause. Enfin, le nègre demanda :

« Être œil gauche de tête de mort du même côté que main gauche de tête de mort aussi ? Parce que tête de mort avoir pas de mains du tout. C'est égal ! moi avoir trouvé œil gauche. Voilà œil gauche ! Quoi faire à présent ?

— Fais passer le scarabée par la cavité de cet œil, et laisse-le descendre de toute la longueur de la ficelle, mais sans la lâcher.

— C'est fait, massa Will. Pas difficile, passer *carabé* par le trou. Regardez-le à présent. »

La personne de Jupiter était restée, pendant ce dialogue, complétement invisible ; mais on pouvait maintenant distinguer le scarabée qu'il avait laissé descendre, conformément aux instructions de son maître, et qui étincelait, comme un point d'or bruni aux derniers rayons du soleil couchant, dont quelques-uns éclairaient encore faiblement la hauteur sur laquelle nous étions. L'insecte était entièrement dégagé des branches, et si on l'eût laissé tomber, c'est à nos pieds qu'il serait tombé. Legrand prit aussitôt la faux, et la manœuvrant vigoureusement, nettoya un espace circulaire de trois à quatre verges de diamètre, précisément au-dessous du scarabée : cela fait, il ordonna à Jupiter de lâcher la ficelle et de descendre de l'arbre.

Mon ami enfonça une cheville dans la terre, à l'endroit même où le scarabée était tombé; puis, tirant de sa poche un cordeau à mesurer, il le fixa par une extrémité au point du tronc du tulipier le plus rapproché de la cheville, et le déroula jusqu'à cette cheville : il continua ensuite à le développer, toujours en ligne droite, dans la direction déjà déterminée par ces deux points, l'arbre et la cheville, jusqu'à la distance de cinquante pieds, Jupiter nettoyant les broussailles avec sa faux. Ce point extrême de la ligne fut marqué par une autre cheville, autour de laquelle un cercle d'environ quatre pieds de diamètre fut grossièrement tracé. Legrand prenant alors une bêche et nous donnant les deux autres, à Jupiter et à moi, nous invita à creuser immédiatement un trou en cet endroit.

Je n'avais jamais eu, à vrai dire, beaucoup de goût pour les passe-temps de ce genre, et dans le cas actuel surtout, je me serais très-volontiers excusé, car la nuit arrivait, et l'exercice que nous avions pris m'avait déjà fatigué. Mais je ne voyais aucun moyen de me soustraire à cette corvée, et je craignais de provoquer, par un refus, quelque accès d'irritabilité chez mon pauvre ami. Si du moins j'avais pu compter sur l'assistance de Jupiter, je n'aurais point hésité à essayer de reconduire de force ce malheureux à son habitation; mais je connaissais trop bien le caractère du vieux noir pour pouvoir espérer que, dans aucun cas, il consentît à me prêter main-forte dans une lutte personnelle contre son maître. Je ne doutai point que ce dernier ne fût infecté de quelqu'un des préjugés superstitieux des États du midi au sujet de trésors cachés, et qu'il n'eût été confirmé dans ses hallucinations par la découverte du scarabée, peut-être même par la persistance de Jupiter à soutenir que c'était un vrai scarabée d'or. Un esprit déjà malade avait pu facilement céder à des suggestions de ce genre, surtout si elles coïncidaient avec des idées préconçues; et puis je me rappelai ce que le pauvre garçon m'avait dit lui-même du scarabée, qui devait *faire sa fortune*. En somme, je n'étais pas moins embarrassé que contrarié : cependant je me décidai à faire de nécessité vertu, c'est-à-dire à me mettre à creuser comme Legrand et Jupiter, afin de convaincre plus tôt notre visionnaire, par le témoignage de ses propres yeux, de la vanité de ses rêves.

Les lanternes ayant été allumées, nous nous mîmes à l'ouvrage avec un zèle digne d'une cause plus rationnelle : les reflets lumineux, se jouant sur nos personnes et sur nos outils, composaient un groupe fort pittoresque; mais je ne pus m'empêcher de penser que l'occupation à laquelle nous nous livrions eût paru passablement suspecte aux voyageurs que le hasard aurait conduits dans cette solitude.

Pendant deux heures, nous ne cessâmes de creuser, sans presque échanger une parole. Ce qui nous gênait le plus, c'étaient les aboiements du chien, qui paraissait prendre un intérêt tout particulier à nos travaux. Il finit par faire un tel vacarme, que nous craignîmes, ou plutôt que Legrand manifesta la crainte qu'il ne donnât l'alarme à quelque maraudeur égaré dans ces parages : pour mon compte, je me serais réjoui de toute interruption qui m'eût procuré le moyen de ramener mon ami chez lui. Jupiter se chargea enfin d'imposer silence à notre bruyant compagnon ; il s'élança hors du trou, et ayant muselé l'animal avec une de ses bretelles, il reprit sa tâche avec un air de grande satisfaction.

Quand les deux heures furent écoulées, nous étions parvenus à une profondeur de cinq pieds sans rencontrer le moindre indice qui pût annoncer la présence d'un trésor. Il y eut alors une pause générale, et je commençai à espérer que la farce était finie. Cependant Legrand, quoique évidemment déconcerté, s'essuya le front d'un air pensif, et se remit à l'ouvrage. Notre excavation occupait déjà toute l'étendue du cercle de quatre pieds de diamètre : nous élargîmes un peu cette limite, et nous creusâmes encore deux pieds plus avant. Mais ce fut en vain : rien ne se montra. Notre chercheur de trésor, que je plaignais sincèrement, se décida enfin, avec le désappointement le plus amer peint sur tous ses traits, à se hisser hors du trou, et se mit en devoir, mais lentement et avec une évidente répugnance, d'endosser son habit, qu'il avait jeté de côté pour être plus libre dans ses mouvements. Je m'abstins de toute observation. Jupiter, sur un signe de son maître, commença à rassembler nos outils. Cela fait, et le chien ayant été démuselé, nous reprîmes, dans un profond silence, le chemin de l'île.

A peine avions-nous fait une douzaine de pas, que Legrand, laissant tout à coup échapper un jurement énergique, marcha droit à Jupiter et le saisit au collet. Le nègre, ébahi, donna à ses yeux et à sa bouche toute la dilatation dont ces organes étaient susceptibles, et lâchant bêches et lanternes, tomba à genoux.

« Misérable! dit Legrand en faisant siffler les syllabes entre ses dents serrées par la colère; infernal coquin! parle, te dis-je! Réponds-moi sur-le-champ, et sans prévarication! Quel est, quel est ton œil gauche?

—O miséricorde, massa Will! Être là œil gauche à moi, bien sûr!» répondit le nègre terrifié; et appliquant la main sur son œil *droit*, il l'y maintint opiniâtrément, comme s'il eût craint que son maître n'eût des intentions hostiles contre cet organe visuel.

« Je m'en doutais! je le savais! hourrah! » vociféra Legrand; et lâchant Jupiter, il se mit à exécuter une série de cabrioles et d'entrechats, au grand étonnement de son valet, qui, se relevant, promena, sans proférer un mot, ses regards stupides de son maître à moi, et de moi à son maître.

« Allons! dit celui-ci, il faut retourner sur nos pas : la partie n'est pas finie; » et en disant ces mots, il se dirigea de nouveau vers le tulipier.

« Jupiter, reprit-il, lorsque nous fûmes arrivés

au pied de l'arbre, comment la tête de mort était-elle clouée à la branche? Avait-elle le visage en haut, ou tourné contre la branche?

— Visage être tourné en l'air, massa, et corbeaux pouvoir becqueter yeux à leur aise.

— Très-bien. Maintenant, est-ce par cet œil-ci ou par celui-là que tu as laissé tomber le scarabée? » Et il toucha successivement les deux yeux de Jupiter.

« Être celui-ci, massa; œil gauche, tout comme vous dire à moi. » Et en parlant ainsi, le malheureux nègre continuait d'indiquer son œil droit.

« C'est bon. Il faut recommencer notre opération. »

Là-dessus, mon ami, dans la folie duquel je voyais maintenant ou du moins croyais voir certains indices de méthode, enleva la cheville qui marquait l'endroit où était tombé le scarabée, et la reporta à trois pouces environ à l'ouest de sa première position; puis, tendant de nouveau sa mesure du tronc de l'arbre à la cheville, et continuant de la dérouler en ligne droite, dans le prolongement de cette nouvelle direction, jusqu'à la distance de cinquante pieds, il arriva ainsi à un point éloigné de plusieurs toises de celui où nous avions creusé.

Un cercle un peu plus grand que le premier fut tracé autour de ce nouveau point, et nous nous remêmes à bêcher. J'étais excédé de fatigue ; et cependant, sans pouvoir me rendre compte de ce qui produisait en moi ce changement, je n'éprouvais plus la même répugnance pour la tâche qui m'était imposée. Je prenais maintenant au résultat de cette bizarre entreprise un étrange intérêt, et je partageais même jusqu'à un certain point l'exaltation de mon ami : peut-être y avait-il au milieu de toutes les extravagances de ce dernier un air d'assurance réfléchie, un je ne sais quoi, qui m'imposait malgré moi. Je creusai donc avec ardeur, et plus d'une fois je me surpris cherchant, avec quelque chose qui ressemblait singulièrement à l'attente, ce trésor supposé, dont la prévision avait troublé la cervelle de mon infortuné compagnon. Dans un de ces moments où je laissais ainsi ma pensée s'égarer dans les champs de l'imagination (il y avait alors une heure et demie que nous étions à l'ouvrage), nous fûmes interrompus de nouveau par les hurlements redoublés du chien. La turbulence de cet animal avait été évidemment, dans le premier cas, l'effet d'un caprice ou l'expression d'un accès de gaieté, mais elle prenait maintenant un caractère plus sérieux. Jupiter ayant essayé de nouveau de le museler, il se débattit avec violence, et s'élançant dans le trou, il se mit à gratter convulsivement la terre avec ses pattes. Au bout de quelques secondes, il avait mis à découvert une masse d'ossements humains, formant deux squelettes complets, mêlés de plusieurs boutons de métal, et de ce qui paraissait être des lambeaux d'étoffe de laine réduits en poudre. Un ou deux coups de bêche firent sortir de terre la lame d'un grand coutelas espagnol, et en creusant encore, nous finîmes par amener trois ou quatre pièces d'or et d'argent.

A cette vue, Jupiter donna un libre cours à sa joie; mais le visage de son maître s'assombrit, et ses traits exprimèrent encore une fois le désappointement. Il nous engagea néanmoins à persévérer dans nos efforts; et à peine ces paroles étaient-elles sorties de ses lèvres, que je trébuchai et tombai en avant: le bout de mon pied s'était engagé dans un grand anneau de fer à moitié enseveli sous un monceau de terre.

Ce fut alors que nous travaillâmes tout de bon, et je ne me rappelle pas avoir jamais passé dix minutes en proie à une excitation plus intense. Dans ce laps de temps, nous étions parvenus à déterrer ou plutôt à découvrir un coffre en bois, de forme oblongue, qui paraissait, à en juger par son état de parfaite conservation et son étonnante dureté, avoir été soumis à l'action de quelque substance chimique. Ce coffre avait trois pieds et demi de long, sur trois de large, et deux et demi de profondeur. Il était fortement maintenu par des bandes de fer forgé, rivées et formant tout autour une espèce de treillage. De chaque côté, et près du couvercle, étaient trois anneaux de fer, en tout six, à l'aide desquels six personnes pouvaient le manœuvrer. Nos efforts réunis parvinrent à peine à l'ébranler, et nous reconnûmes l'impossibilité d'enlever une si lourde masse. Heureusement le couvercle n'était assujetti que par deux verrous. Nous les tirâmes, tremblants et palpitants d'anxiété. L'instant d'après, un trésor d'une valeur incalculable était étalé devant nous. Les lumières de nos lanternes tombant, du bord du trou, sur le coffre ouvert, firent jaillir de cet amas confus d'or et de pierreries, des feux dont nos yeux furent littéralement éblouis.

Je n'essayerai point de décrire les sentiments divers avec lesquels je contemplai ce spectacle; mais l'étonnement dominait tous les autres. Legrand paraissait épuisé par son excitation même, et ne put prononcer que quelques mots. Quant à Jupiter, son visage se couvrit pendant quelques minutes d'une teinte cadavéreuse : je n'avais jamais vu face de nègre aussi blême. Il était stupéfait, anéanti. Lorsqu'il fut revenu de son premier étourdissement, il se jeta à genoux, et enfonçant dans l'or ses bras nus jusqu'aux coudes, il parut jouir avec délices de ce bain fantastique. Enfin, il s'écria, avec un profond soupir, en se parlant à lui-même :

« Et tout ça venir de *carabé* d'or! joli *carabé* d'or! pauvre petit *carabé* d'or, que moi traiter si mal! avoir pas honte, nègre? toi répondre à moi! »

Il fallut enfin que je fisse comprendre au maître et au valet la nécessité d'enlever ce trésor. Il était déjà tard, et nous n'avions pas de temps à perdre si nous voulions que le tout fût transporté à l'ermitage avant le jour. Nous ne savions trop comment nous y prendre, et nous délibérâmes longtemps, car il régnait une grande confusion dans nos idées. Nous nous décidâmes, en définitive, à alléger le coffre, en enlevant à peu près les deux tiers de son contenu, et nous pûmes alors, non sans peine, le hisser hors du trou. Les objets que nous en tirâmes furent déposés parmi les broussailles et laissés sous la garde du chien, à qui Jupiter donna les injonctions les plus strictes de ne pas bouger de là jusqu'à notre retour, et de n'aboyer sous aucun prétexte. Nous nous dirigeâmes alors en toute hâte, avec le coffre, vers l'ermitage, où nous arrivâmes sans accident, mais après des fatigues inouïes, à une heure du matin. Épuisés comme nous l'étions, il nous eût été impossible de faire davantage pour le moment. Nous nous reposâmes jusqu'à deux heures, puis nous soupâmes; après quoi nous repartîmes pour les montagnes, munis de trois bons sacs qui, par un heureux hasard, se trouvaient chez Legrand. Arrivés au tulipier un peu avant quatre heures, nous nous partageâmes, à peu près également, le reste du trésor, et sans prendre la peine de combler les excavations que nous avions faites, nous reprîmes pour la seconde fois le chemin de la chaumière, où nous déposions nos richesses, comme les premières lueurs de l'aube se montraient à l'orient, au-dessus de la cime des arbres.

Nos forces étaient complétement à bout, mais l'excitation qui nous avait soutenus jusque-là nous refusa le repos dont nous avions besoin. Après un demi-sommeil inquiet, de trois à quatre heures, nous nous levâmes, comme d'un commun accord, pour procéder à un inventaire.

Le coffre avait été rempli jusqu'au bord, et nous passâmes toute la journée et la plus grande partie de la nuit suivante à en examiner le contenu. Tout paraissait y avoir été entassé pêle-mêle, sans aucune espèce d'ordre. Ayant tout assorti avec soin, par nature d'objets, nous trouvâmes que nous étions beaucoup plus riches encore que nous ne l'avions d'abord supposé. Il y avait, en espèces, plus de quatre cent cinquante mille dollars (2 250 000 fr.), en estimant la valeur des différentes monnaies aussi exactement que nous le pûmes, d'après les cours de l'époque. Il n'y avait pas dans tout cela une seule pièce d'argent. Tout était or, monnaie d'or de vieille date et d'origine très-diverse, française, espagnole, allemande, avec quelques guinées anglaises, et un petit nombre de jetons, dont nous n'avions jamais vu d'échantillons. Il s'y trouvait plusieurs grandes médailles, très-pesantes, mais tellement usées que nous ne pûmes en déchiffrer les inscriptions. Parmi les monnaies, il n'y en avait pas d'américaines. L'estimation des pierreries fut une affaire plus difficile. Il y avait des diamants, cent dix en tout, quelques-uns d'une grosseur remarquable, et pas un qui ne fût de belle dimension; dix-huit rubis d'un éclat extraordinaire; trois cent dix émeraudes, toutes magnifiques; vingt et un saphirs, avec une opale. Toutes ces pierres avaient été démontées, puis jetées à même le coffre: les garnitures avaient été brisées ou aplaties à l'aide du marteau, comme pour empêcher qu'elles pussent être identifiées. Indépendamment de ces pierreries, nous comptâmes une quantité considérable de pièces d'orfévrerie; près de deux cents bagues et pendants d'oreilles d'un grand poids; de riches chaînes, au nombre de trente, si ma mémoire ne me trompe; quatre-vingt-trois crucifix massifs; cinq encensoirs en or d'un grand prix; un énorme bol à punch, orné de pampres et de groupes de figures représentant une bacchanale; deux poignées d'épées ciselées et d'un travail exquis, avec une foule d'autres objets que j'ai oubliés. Leur poids total excédait de beaucoup trois cent cinquante livres; et dans cette évaluation je n'ai pas compris cent quatre-vingt-dix-sept montres, dont trois valaient au moins cinq cents dollars (2500 fr.) pièce. La plupart de ces montres étaient fort anciennes et n'avaient aucune valeur comme instruments de précision : les mouvements étaient plus ou moins endommagés par leur séjour dans un lieu humide; mais les boîtes, garnies de pierres précieuses, étaient d'une grande richesse. Nous évaluâmes, ce soir-là, tout le contenu du coffre à un million et demi de dollars (7 500 000 fr.); mais lorsque nous disposâmes, plus tard, des pierreries et objets d'art (après en avoir réservé quelques-uns pour notre usage personnel), nous trouvâmes que notre estimation était bien inférieure à la valeur réelle des objets.

Lorsque nous eûmes enfin terminé notre inspection, et que l'excitation produite par une aventure aussi extraordinaire fut un peu calmée, Legrand, voyant que je mourais d'impatience de connaître le mot de cette merveilleuse énigme, me fit un récit détaillé de toutes les circonstances qui s'y rattachaient.

« Vous vous souvenez, me dit-il, de ce soir où je fis pour vous un croquis du scarabée. Vous n'avez pas oublié non plus que j'eus la sottise de me formaliser de l'opinion exprimée par vous, que mon dessin ressemblait à une tête de mort. Je crus d'abord que vous plaisantiez; mais, me rappelant ensuite les taches d'une forme particulière qui se trouvaient sur le dos de l'insecte, je ne pus m'empêcher de reconnaître qu'il y avait quelque chose de vrai dans votre observation. Cependant vous insistâtes, et je fus piqué de vous voir faire si peu de cas de mes talents graphiques, car je passe pour assez bon dessinateur; aussi, lorsque vous me rendîtes le morceau de parchemin sur lequel j'avais tracé cette figure, je fus sur le point de le froisser avec humeur et de le jeter au feu.

— Le morceau de *papier*, voulez-vous dire? interrompis-je.

— Non. Il avait, en effet, l'apparence de papier, et moi-même je l'avais pris d'abord pour tel; mais lorsque je me mis à y faire mon dessin, je reconnus que c'était du parchemin très-mince. Il était d'ailleurs fort sale, comme vous pouvez vous le rappeler. Eh bien donc, au moment où j'allais le froisser entre mes doigts, mes yeux tombèrent par hasard sur le croquis que vous veniez d'examiner, et vous pouvez juger de mon étonnement, lorsque je reconnus en effet le dessin, bien arrêté, d'une tête de mort à l'endroit même où j'avais, à ce qu'il me semblait, tracé la figure d'un scarabée. Cet étonnement fut tel, que je ne pus pas, au premier abord, rassembler et coordonner mes idées. Cependant, quoiqu'il y eût dans l'aspect général, dans l'ensemble, une sorte de ressemblance entre ce dessin et le mien, je ne pouvais me dissimuler que les détails étaient entièrement différents. Je pris une chandelle, et allant m'asseoir à l'autre bout de la chambre, j'examinai la chose avec plus d'attention. Ce fut alors qu'en retournant le morceau de parchemin, je retrouvai de l'autre côté mon propre dessin, tel que je l'avais fait. Ma première impression fut un mouvement de surprise, de cette étrange coïncidence qui faisait qu'à mon insu il se trouvât sur le revers de ce parchemin une tête de mort correspondant exactement à mon scarabée, et que cette tête de mort offrît une analogie aussi frappante avec mon dessin, non-seulement par sa forme générale, mais aussi par ses proportions. La singularité d'un pareil fait, je l'avoue, confondit de nouveau toutes mes idées : c'est l'effet assez ordinaire de ces sortes de coïncidences. L'esprit cherche à établir une liaison, à remonter de l'effet à la cause, et ne pouvant y parvenir, se trouve frappé d'une espèce de paralysie momentanée. Mais lorsque je fus revenu de ce premier étourdissement, une nouvelle lumière vint m'éclairer peu à peu, et porta mon étonnement à un degré plus haut encore que n'avait fait la coïncidence des dessins. Je commençai à me rappeler d'une manière distincte, positive, qu'il n'y avait *aucun* dessin sur le parchemin lorsque j'avais fait mon croquis du scarabée. J'en acquis la certitude absolue; car je me souvins parfaitement d'avoir tourné ce parchemin, d'abord d'un côté, puis de l'autre, en cherchant l'endroit le plus propre. Si la tête de mort y avait été alors, je l'eusse infailliblement remarquée. Il y avait là un mystère qu'il m'était impossible de résoudre; mais dès ce moment même, une faible lueur commença à poindre dans les replis secrets de mon intelligence, où se formait une vague conception de cette vérité dont l'aventure de la nuit dernière nous a donné une si magnifique démonstration. Je me levai aussitôt, et mettant mon parchemin en lieu de sûreté, j'ajournai toute réflexion ultérieure à ce sujet jusqu'au moment où je serais seul.

« Quand vous fûtes parti, et Jupiter profondément endormi, je me mis à examiner de nouveau l'affaire, mais cette fois avec plus de méthode. Et d'abord, je voulus me rendre compte de la manière dont ce parchemin se trouvait entre mes mains. C'était sur la côte de la terre ferme que nous avions découvert le scarabée, à un mille environ à l'est de l'île, et un peu au-dessus de la marque de haute mer. Au moment où je mettais la main dessus, il me mordit si vivement que je fus forcé de lâcher prise. Jupiter voulant, à son tour, s'emparer de l'insecte, qui s'était envolé de son côté, chercha, avec sa circonspection habituelle, une feuille ou quelque autre objet analogue pour le saisir. C'est alors que ses yeux rencontrèrent, ainsi que les miens, ce lambeau de parchemin, que je pris pour du papier : il était à moitié enfoui dans le sable, avec une pointe en l'air. Non loin de là, je remarquai les restes de ce qui me parut avoir été le canot d'un navire. Ces débris d'un naufrage étaient sans doute fort anciens, car leur forme était presque méconnaissable.

« Jupiter ramassa donc ce parchemin, et après avoir enveloppé dedans le scarabée, me le donna. Ayant repris bientôt après le chemin de l'ermitage, nous rencontrâmes en route le lieutenant G.... Je lui fis voir l'insecte, et il me pria de le lui laisser emporter au fort. Je n'eus pas plutôt accédé à sa requête, qu'il se hâta de le fourrer dans la poche de son gilet, sans le parchemin dans lequel il avait été d'abord enveloppé, et que j'avais gardé dans ma main tandis qu'il examinait le scarabée. Peut-être la crainte que je ne changeasse d'avis fut-elle pour quelque chose dans cet empressement à s'assurer du curieux insecte, car vous connaissez son enthousiasme pour tout ce qui a rapport à l'histoire naturelle. Il est probable que je remis machinalement le parchemin dans ma poche.

« Vous vous rappelez que, lorsque je m'assis à cette table pour faire mon dessin du scarabée, je ne trouvai pas de papier à l'endroit où on le met habituellement. Je cherchai dans le tiroir : il n'y en avait pas non plus. Je fouillai alors dans mes poches, dans l'espoir d'y trouver quelque vieille lettre, et ma main tomba sur le morceau de parchemin. J'insiste à dessein sur ces détails, quelque indifférents qu'ils puissent vous paraître, parce qu'en y réfléchissant je fus singulièrement frappé de ce concours de circonstances.

« Vous allez peut-être me regarder encore comme un rêve creux; mais le fait est que j'avais déjà établi une espèce de liaison entre ces circonstances. J'avais réuni des anneaux d'une grande chaîne, un canot à la côte, et près de ce canot un morceau de parchemin, et *non pas de papier*, portant le dessin d'une tête de mort. Vous me demanderez naturellement quel rapport je vois là. Je vous répondrai que la tête de mort est l'emblème bien connu des pirates; ils arborent dans tous leurs engagements le pavillon à tête de mort.

« Je vous faisais remarquer tout à l'heure que c'était sur du parchemin et non pas sur du papier qu'était tracée cette tête de mort. On confie rarement au parchemin des choses de peu d'importance; il est d'ailleurs beaucoup moins commode que le papier pour le dessin et pour l'écriture courante. Cette réflexion, que je fis sur-le-champ, me conduisit à penser qu'il devait y avoir quelque sens caché, quelque rapport secret, dans cette tête de mort. Je ne manquai pas non plus d'observer la forme du parchemin. Un des coins avait été détruit; mais on voyait qu'il avait été primitivement de forme oblongue : c'était une bande telle qu'on aurait pu la choisir pour y consigner quelque note ou déclaration importante, quelque renseignement destiné à être transmis et conservé avec soin.

— Mais, interrompis-je de nouveau, vous m'avez dit que cette tête de mort *n'était pas* sur le parchemin lorsque vous fîtes le dessin de votre scarabée. Quel rapport pouvez-vous donc établir entre le canot et la tête de mort, puisque celle-ci a dû être, de votre propre aveu, tracée (Dieu sait comment ou par qui) subséquemment à votre dessin du scarabée?

— C'est là tout le mystère. Cependant j'eus, comparativement parlant, peu de difficulté à résoudre ce point de la question. Ma marche, constamment appuyée sur le rapprochement logique des faits, était sûre et ne pouvait me conduire qu'à un seul résultat. Voici, par exemple, comment je raisonnais. Lorsque je dessinai mon scarabée, on ne voyait pas de tête de mort sur le parchemin. Quand j'eus achevé mon croquis, je vous le passai, et je ne vous perdis pas de vue pendant tout le temps qu'il fut entre vos mains. Ce n'était pas vous qui aviez dessiné la tête de mort, et il n'y avait là personne autre qui pût le faire. La chose n'avait donc pas été produite par des moyens humains, par l'action d'un homme, et pourtant la chose existait.

« Ici, je cherchai à me rappeler, et me rappelai très-distinctement les moindres incidents qui avaient accompagné cette remarquable apparition de la tête de mort. Il faisait, ce soir-là, très-froid, et nous avions un feu brillant au foyer. J'étais échauffé par l'exercice, et assis près de la table; mais vous aviez tiré votre chaise près de la cheminée. Au moment où je venais de vous passer mon croquis et où vous vous disposiez à l'examiner, Wolf, mon chien de Terre-Neuve, entra et sauta sur vous. Vous le caressâtes de la main gauche, tandis que votre main droite, qui tenait le parchemin, tombait négligemment entre vos genoux, et par conséquent très-près du feu. Il y eut même un instant où je crus que la flamme atteignait le parchemin, et j'allais vous en avertir; mais avant que j'eusse ouvert la bouche, vous aviez retiré votre main et vous étiez déjà occupé à examiner le dessin. En rapprochant toutes ces circonstances, je ne doutai plus que ce ne fût l'*action de la chaleur* qui avait fait apparaître sur le parchemin la tête de mort que j'y voyais. Vous savez qu'il existe et qu'il a existé de tout temps des préparations chimiques à l'aide desquelles on peut écrire sur du papier ou sur du vélin, de telle façon que les caractères ne soient visibles que lorsqu'ils sont exposés à l'action du feu.

C'est ainsi que l'oxyde de cobalt, dissous dans de l'acide nitrique avec addition de carbonate de potasse, puis étendu d'eau, donne une teinte purpurine qui disparaît lorsque la substance sur laquelle on a écrit vient à se refroidir, mais qui reparaît à volonté par une simple application de la chaleur.

« J'examinai alors la tête de mort avec un soin tout particulier. Ses contours extérieurs, je veux dire la partie de son contour la plus rapprochée du bord du vélin, étaient beaucoup plus distincts que le reste. Il était évident que l'action du calorique avait été imparfaite ou inégale. J'allumai aussitôt du feu, et j'exposai chaque partie du parchemin à une vive chaleur. L'effet de cette opération se borna d'abord à faire ressortir davantage les traits faiblement indiqués de la tête de mort. Cependant, en continuant mon expérience, je finis par voir apparaître, au coin du morceau de parchemin diagonalement opposé à l'endroit où se trouvait cette tête de mort, une figure, qu'au premier abord je pris pour une chèvre. Mais, en l'examinant de plus près, je fus convaincu que c'était un chevreau qu'on avait voulu représenter.

— Ah! ah! m'écriai-je en riant; je n'ai pas, à coup sûr, le droit de me moquer de vous, un million et demi de dollars n'est point matière à plaisanterie; mais vous n'allez sans doute pas établir un troisième anneau dans votre chaîne; vous ne prétendrez pas qu'il existe de rapports particuliers entre vos pirates et une chèvre. Les pirates, comme vous le savez, n'ont rien de commun avec les chèvres ; les chèvres sont du domaine de l'agriculture.

— Mais je viens de vous dire que la figure en question *n'était pas* celle d'une chèvre.

— Chèvre ou chevreau, la différence n'est pas grande.

— Elle n'est pas grande, mais elle existe, reprit Legrand. Vous avez peut-être entendu parler d'un certain capitaine Kidd[1]. Eh bien ! il me vint immédiatement à l'esprit que cette figure d'animal était une espèce de rébus ou de signature hiéroglyphique. Je dis signature, parce que la position qu'elle occupait sur le vélin pouvait suggérer cette idée ; quant à la tête de mort, au coin diagonalement opposé, elle avait l'air d'un sceau ou cachet. Ce qui m'intriguait, c'était l'absence de la partie principale, du corps de mon document supposé, du texte de mon commentaire.

— Vous vous attendiez, je présume, à trouver une lettre entre les armoiries et la signature ?

— Une lettre, ou quelque chose comme cela. Le fait est que j'étais frappé du pressentiment de quelque bonne fortune extraordinaire. Vous dire pour-

1. *Kidd* se prononce comme *kid*, chevreau.

quoi, me serait très-difficile. Peut-être, après tout, n'était-ce qu'un désir plutôt qu'une espérance. Mais, le croiriez-vous? la sotte observation de Jupiter, que le scarabée était d'or massif, avait frappé mon imagination. Et puis il y avait quelque chose de si extraordinaire dans cette série d'accidents et de coïncidences! Remarquez en effet cette singulière fatalité qui voulut que toutes ces choses arrivassent précisément le seul jour de l'année où il ait fait ou pu faire assez froid pour avoir du feu; remarquez que sans ce feu, ou même sans l'intervention accidentelle du chien au moment où vous étiez près du foyer, le parchemin à la main, je n'aurais jamais soupçonné l'existence de la tête de mort, et par conséquent jamais découvert le trésor!

— Continuez votre récit, lui dis-je; car vous avez vivement piqué ma curiosité.

— Soit. Vous avez nécessairement connaissance de quelqu'une de ces traditions, de ces mille et une rumeurs qui circulent au sujet de trésors enfouis, quelque part sur la côte de l'Atlantique, par Kidd et ses associés. Ces rumeurs, grossies ou défigurées par la renommée, devaient néanmoins avoir quelque fondement, reposer sur un fait positif; et leur existence continue, pendant un long laps de temps, me semblait autoriser cette conclusion, que le trésor enfoui était encore dans sa cachette. Si, après l'y avoir laissé pendant un certain temps, Kidd l'avait ensuite repris, il y a tout lieu de croire que ces bruits ne seraient pas venus jusqu'à nous, du moins sous leur forme actuelle et invariable. Veuillez, en effet, remarquer que tous ces bruits sont relatifs à des chercheurs de trésors, et non pas à des trouveurs de trésors; si le pirate avait repris son argent, l'affaire eût fini là, et il n'en aurait plus été question. Il me parut donc vraisemblable que quelque accident, par exemple la perte de la note qui indiquait le lieu du dépôt, n'avait pas permis à Kidd de le retrouver: cet accident avait probablement été connu de ses associés. qui, faisant de leur côté de vaines recherches, puisqu'ils procédaient au hasard, avaient donné naissance, puis cours populaire à ces bruits aujourd'hui si répandus. Avez-vous jamais ouï dire que quelque trésor ait été découvert sur la côte?

— Jamais!

— On sait pourtant, à n'en pas douter, que Kidd avait accumulé d'immenses richesses. Je considérai comme un fait constant que ces richesses étaient toujours dans le sein de la terre, et peut-être ne serez-vous pas surpris lorsque je vous dirai que je conçus l'espoir, presque la certitude, que ce parchemin, si étrangement trouvé, contenait l'indication du lieu où ce trésor était déposé.

— Et comment procédâtes-vous alors?

— Je présentai de nouveau le vélin au feu, après

avoir augmenté l'intensité de la chaleur ; mais rien ne parut. Je m'avisai qu'il était possible que les souillures dont il était couvert et en quelque sorte imprégné, ne fussent pas étrangères à l'insuccès de cette tentative. Je le nettoyai soigneusement, en versant dessus de l'eau tiède ; après quoi, je le mis dans un poêlon de fer-blanc, la tête de mort en dessous, et je posai ce poêlon sur un réchaud de charbons ardents. Au bout de quelques minutes, le métal ayant acquis un haut degré de chaleur, j'ôtai mon parchemin, et, à mon inexprimable joie, je remarquai en plusieurs endroits des caractères qui me parurent être des rangées de chiffres. Je le replaçai dans le poêlon, où je le laissai encore une minute. Lorsque je le retirai pour la seconde fois, il était dans l'état où vous allez le voir. »

Là-dessus, Legrand ayant soumis le parchemin à l'action du feu, me le présenta. Les caractères qui suivent s'y trouvaient grossièrement tracés, avec une sorte d'encre rouge entre la tête de mort et le chevreau :

53 #†305)) 6*; 4826) 4 ‡.); 806*; 48 † 8 ¶ 60)) 85, 1 ‡ (; : ‡ * 8 † 83 (88) 5 * †; 46 (; 88 * 96 * ?; 8)* ‡ (; 485) 5 * †. 2 : * ‡ (; 4956 * 2 (5 *—4) 8 ¶ 8 *; 4069285);) 6 † 8) 4 #; 1 (‡ 9; 48081; 8 : 8 ‡ 1; 48 † 85; 4) 485 † 528806 * 81 (‡ 9; 48; (88; 4 (‡ ? 34; 48) 4 ‡; 161; : 188; ‡ ?;

— Mais, lui dis-je en lui rendant son parchemin,

je ne suis pas plus avancé qu'auparavant. Quand tous les trésors de Golconde seraient le prix attaché à la solution de cette énigme, je serais forcé d'y renoncer.

— Et pourtant, reprit Legrand, cette solution n'est pas, à beaucoup près, aussi difficile que vous pouvez le supposer, d'après une inspection rapide de ces caractères. Ces caractères, ainsi qu'on le comprend au premier aspect, forment ce qu'on appelle un chiffre, c'est-à-dire qu'ils ont un sens; mais d'après ce qu'on sait de la vie et de l'éducation de Kidd, je ne devais pas le supposer capable d'avoir eu recours à une combinaison cryptographique bien compliquée. Je jugeai donc que celle-ci était assez simple, quoiqu'un marin illettré eût pu la considérer comme indéchiffrable sans le secours de la clef.

— Et vous avez réellement déchiffré ce grimoire?

— Très-facilement. J'en ai déchiffré d'autres mille fois plus complexes. Les circonstances, une certaine disposition d'esprit, m'ont fait prendre intérêt à ces sortes de logogriphes, et je doute que l'intelligence humaine puisse combiner une énigme de ce genre, dont l'intelligence humaine ne puisse parvenir à trouver le mot. Quoi qu'il en soit, du moment où j'eus constaté l'existence d'une série non interrompue de caractères lisibles, je daignai à peine m'arrêter à la difficulté d'en dégager le sens.

« Dans le cas actuel, comme toutes les fois qu'il est question d'écriture secrète, la première chose à faire était de reconnaître la *langue* du chiffre; car les principes du déchiffrement, surtout lorsqu'il s'agit des combinaisons les plus simples, se modifient suivant le génie de chaque idiome. En général il n'y a pas d'autre moyen que d'essayer successivement, en se dirigeant d'après les probabilités, l'application du chiffre à toutes les langues que l'on connait, jusqu'à ce que l'on ait rencontré la bonne. Mais, dans la pièce que nous avons sous les yeux, la signature levait toute difficulté : le jeu de mots sur le nom propre *Kidd* n'existe que dans la langue anglaise. Sans cette circonstance, j'aurais commencé mes expériences par l'espagnol et le français, les deux langues qu'on supposerait le plus naturellement avoir été employées par un pirate des mers de l'Amérique espagnole. Dans l'état des choses je présumai que le texte du cryptographe était anglais.

« Il n'y a, comme vous le voyez, pas de divisions entre les mots : si les mots avaient été séparés, ma tâche aurait été bien simplifiée. J'aurais commencé par faire le relevé des mots les plus courts, et du moment où il se serait rencontré, comme il est vraisemblable, un mot d'une seule lettre, tel que *a* ou *I*[1], j'aurais considéré ma solution comme assu-

1. *A*, un, une; *I*, je.

rée. Mais, à défaut de divisions, je m'occupai d'abord de relever les différents signes qui composaient mon texte, et de prendre note du nombre de fois que chacun se présentait. Le résultat de ce dépouillement fut le tableau que voici :

Le caractère 8 se présente	33 fois.
;	26
4	19
‡ et)	16
*	13
5	12
6	11
(	10
† et 1	8
0	6
9 et 2	5
: et 3	4
?	3
¶	2
— et .	1

« Or, la lettre qui se reproduit le plus fréquemment dans la langue anglaise, est la lettre *e*. Les autres viennent ensuite dans l'ordre ci-après, *a*, *o*, *i*, *d*, *h*, *n*, *r*, *s*, *t*, *u*, *y*, *c*, *f*, *g*, *l*, *m*, *w*, *b*, *k*, *p*, *q*, *x*, *z*. Mais la lettre *e* domine tellement, qu'il est rare de rencontrer une phrase de quelque étendue, dans laquelle elle ne soit pas le caractère qui se représente le plus souvent.

« Voilà donc, tout d'abord une donnée sur laquelle nous pouvons asseoir quelque chose de plus qu'une simple conjecture. On comprend parfaitement l'usage général qu'on peut faire du tableau qui précède; mais pour le cas particulier qui nous occupe en ce moment, nous y aurons très-peu recours. Le signe dominant de notre chiffre étant 8, nous le considérerons comme correspondant à l'*e* de l'alphabet naturel. Pour donner à cette hypothèse un nouveau degré de probabilité, nous n'avons qu'à voir si ce signe 8 se rencontre souvent double, car la lettre *e* est redoublée en anglais dans une foule de mots, comme *meet*, *fleet*, *speed*, *seen*, *been*, *agree*, etc. Or, nous trouvons que le signe 8 n'est pas redoublé moins de cinq fois, et cela dans l'espace de quelques lignes.

« Soit donc 8=*e*. Maintenant, de tous les mots de la langue, l'article *the* (le, la, les) est le plus commun. Il s'agit d'examiner si nous ne rencontrons pas dans notre chiffre des répétitions de trois caractères différents, disposés dans le même ordre, le dernier de ces caractères étant 8. Si nous rencontrons des combinaisons ternaires ainsi répétées, il sera très-probable qu'elles représenteront le mot *the*. Nous avons ici sept groupes de ce genre, composés des caractères ;48. Nous pouvons donc admettre que ; représente *t*, que 4 représente *h*, et que 8 représente *e*, la valeur de ce dernier signe étant maintenant bien établie. C'est un grand pas de fait.

« Mais la découverte de ce monosyllabe nous permet d'établir un point beaucoup plus important, c'est-à-dire plusieurs commencements et terminaisons d'autres mots. Reportons-nous, par exemple, à l'avant-dernière combinaison ;48 , vers la fin du chiffre. Nous savons que le ; qui vient immédiatement après est le commencement d'un mot, et, sur les six caractères ;(88;4 qui suivent l'article *the*, nous en connaissons cinq. Si nous substituons à ces caractères les lettres qu'ils représentent, en laissant un blanc pour le signe inconnu, nous avons

t eeth

« Maintenant, adaptant successivement à ce blanc toutes les lettres de l'alphabet, nous trouvons qu'on ne peut pas former de mot dont ce *th* final fasse partie. Nous l'écartons donc, comme appartenant à un autre mot, et il nous reste

t ee

« Nous repassons encore une fois tout l'alphabet, s'il est nécessaire, et nous arrivons au mot *tree* (arbre), comme la seule leçon possible. Nous avons ainsi gagné une autre lettre, *r*, représentée par le signe (, et nous avons déchiffré deux mots juxtaposés, *the tree* (l'arbre).

« Un peu plus loin, nous retrouvons une dernière fois la combinaison ;48 ou *the*, à laquelle nous nous arrêterons. Le texte, à partir des mots déjà déchiffrés, nous présente l'arrangement suivant

the tree ;4(‡?34 *the*

ou, substituant les lettres naturelles aux signes que nous connaissons,

the tree thr‡?3h the

Remplaçons, pour plus de clarté, les signes inconnus par des points, nous aurons

the tree thr...h the

L'esprit complète immédiatement le mot ***through*** (à travers, par), ce qui nous donne trois nouvelles lettres, *o*, *u* et *g*, représentées respectivement par les signes ‡ ? et 3.

« Si maintenant, examinant notre chiffre avec attention, nous y cherchons des combinaisons de caractères connus, nous trouverons, non loin du commencement, le groupe suivant

†83(88, ou *egree*,

qui appartient évidemment au mot ***degree*** (degré), et nous donne une autre lettre, ***d***, représentée par le signe † qui précède.

« Quatre lettres après le mot ***degree***, nous avons la combinaison

;46(;88

« Traduisant, comme nous l'avons fait plus haut,

les caractères connus, et représentant les inconnus par des points, nous lisons

th.rtee

disposition qui nous suggère aussitôt le mot *thirteen* (treize), et nous fournit deux nouvelles lettres, *i* et *n*, représentées par *6* et *.

« Si nous nous reportons maintenant tout au commencement du cryptographe, nous y trouvons la combinaison

53‡‡†

« L'application du même procédé de traduction nous donne

.good

et, en dernière analyse, *a good* (un bon, une bonne), la première lettre ne pouvant être qu'un *a*.

« Nous ferons bien, maintenant, pour ne pas nous embrouiller, de résumer en un petit tableau les découvertes que nous avons faites :

5	représente	*a*
†		*d*
		e
3		*g*
4		*h*
6		*i*
*		*n*
‡		*o*
(		*r*
;		*t*

« Ainsi, nous connaissons déjà dix des lettres les plus importantes, et il serait inutile de pousser plus loin les détails de cette analyse. J'en ai dit assez pour vous faire voir que la clef des chiffres de cette nature est facile à trouver, et pour vous donner une idée générale des procédés ordinaires de déchiffrement. Mais, je vous le répète, la pièce que nous avons sous les yeux, et dans laquelle chaque lettre de l'alphabet est représentée par un autre signe conventionnel, appartient, comme spécimen de cryptographie, à l'enfance de l'art. Il ne me reste plus qu'à vous en donner la traduction complète, et la voici :

« Un bon verre dans l'hostel de l'évêque dans la « chaise du diable quarante et un degrés treize « minutes nord-est par nord tige principale sep- « tième branche à l'est laisser tomber de l'œil gau- « che de la tête de mort un cordeau de l'arbre par « le point cinquante pieds au large [1]. »

— Mais, dis-je, l'énigme me paraît à peu après aussi obscure qu'auparavant. Que peut signifier tout cet imbroglio de « chaise du diable, » de « tête de mort » et « d'hostel de l'évêque? »

— Je conviens, répondit Legrand, que la chose,

1. Voici le texte anglais : « A good glass in the bishop's hostel in « the devil's seat forty-one degrees and thirteen minutes northeast and « by north main branch seventh limb east sine shoot from the left eye « of the death's head a bee line from the tree through the shot fifty feet « out. »

vue superficiellement, paraît encore passablement mystérieuse. Mon premier soin fut de rétablir dans ce texte les divisions naturelles qui avaient dû être dans la pensée de l'écrivain.

— Vous voulez dire d'en rétablir la ponctuation?

— Quelque chose comme cela.

— Je suis curieux de savoir comment vous vous y prîtes.

— Je vis que l'écrivain, sans doute afin de rendre la solution du problème plus difficile, s'était appliqué à joindre tous ces mots ensemble, sans aucune division. Or, il est probable, je dirai presque certain, qu'en opérant ainsi, un homme peu habitué à manier la plume dépassera le but qu'il veut atteindre. Lorsqu'il arrivera, dans le cours de sa composition, à une interruption du sens, qui exigerait naturellement une pause ou un point, c'est presque toujours là qu'il serrera ses caractères plus qu'ailleurs. Si vous voulez jeter les yeux sur le manuscrit, vous y reconnaîtrez facilement cinq endroits où les caractères sont ainsi serrés les uns contre les autres. Je me guidai d'après ces indices, et voici comment j'établis ma division :

« Un bon verre dans l'hostel de l'évêque dans la chaise du diable — quarante et un degrés treize minutes — nord-est par nord — tige principale septième branche à l'est — laisser tomber de l'œil gauche de la tête de mort — un cordeau de l'arbre par le point cinquante pieds au large.

— C'est fort bien, dis-je ; mais votre division me laisse encore dans les ténèbres.

— J'y restai moi-même pendant quelques jours, reprit Legrand. Pendant ce temps, j'allai aux informations dans le voisinage de l'île, m'enquérant partout de l'existence de quelque bâtiment appelé « l'hôtel de l'évêque » (*Bishop's hostel*), car je ne m'arrêtai pas à la forme surannée du mot *hostel*. Ces premières recherches ne m'ayant procuré aucun renseignement, j'étais sur le point d'étendre le champ de mes investigations et de procéder en même temps d'une manière plus systématique, lorsqu'un matin il me vint tout à coup à l'esprit que ce *Bishop's hostel* pouvait bien avoir quelque rapport à une ancienne famille du nom de Bessops, qui était, de temps immémorial, en possession d'un vieux manoir, à quatre milles environ au nord de l'île. Je m'y transportai, et je questionnai les plus vieux nègres de l'habitation. Enfin, une femme âgée me dit qu'elle avait ouï parler d'un endroit qu'on appelait « le château de Bessop » (*Bessop's castle*), et qu'elle croyait même pouvoir m'y conduire. Du reste, elle ajouta que ce n'était ni un château, ni une taverne, mais simplement un grand rocher.

« Séduite par l'offre d'une récompense libérale,

cette vieille femme consentit à me servir de guide, et nous trouvâmes, non sans quelque peine, l'endroit en question. Je la congédiai alors, et me mis à examiner les lieux. Le « château de Bessop » se composait d'un amas irrégulier de gros rocs, dont un surtout était remarquable par ses dimensions, non moins que par sa position en quelque sorte isolée, et une certaine configuration artificielle. Je grimpai au sommet, et je me trouvai alors fort embarrassé de savoir ce que je devais faire.

« Tandis que je me livrais à mes réflexions, mes regards tombèrent sur une étroite corniche qui se trouvait dans la face orientale du rocher, à trois pieds environ au-dessous de moi. Cette corniche, qui formait une saillie d'environ dix-huit pouces, n'avait pas plus d'un pied de largeur; mais une espèce d'enfoncement ou de niche, pratiqué dans le roc, immédiatement au-dessus, lui donnait une certaine ressemblance avec ces fauteuils à dossier creux dont nos ancêtres faisaient usage. Je ne doutai point que ce ne fût là la « chaise du diable » dont il était question dans le manuscrit, et il me sembla dès lors que je tenais tout le secret de l'énigme.

« Je savais que le « bon verre » ne pouvait signifier qu'une longue vue : les marins emploient rarement ce mot dans une autre acception. Je compris donc qu'il s'agissait de faire ici usage d'une lunette et d'en faire usage dans une certaine direction, déterminée d'une manière précise et invariable; car les indications, « quarante et un degrés treize minutes » et « nord-est par nord » ne pouvaient avoir d'autre objet. L'imagination vivement excitée par ces découvertes, je me hâtai de regagner mon ermitage, et, m'étant muni d'une longue vue, je retournai au rocher.

« Je me laissai glisser du sommet sur la corniche, et je reconnus qu'on ne pouvait s'y tenir assis que dans une certaine position, fait qui confirma mes pressentiments. Je pris alors ma lunette. Il allait sans dire que « les quarante et un degrés treize minutes » ne pouvaient se rapporter qu'à l'élévation au-dessus de l'horizon visuel, puisque la direction horizontale était clairement indiquée par les mots « nord-est par nord ». Je m'orientai, à l'aide d'une boussole de poche, suivant cette dernière direction; puis, braquant ma lunette à un angle de quarante et un degrés d'élévation, autant que j'en pus juger par approximation, je cherchai, en haussant et baissant alternativement l'extrémité de mon instrument, jusqu'à ce que mon attention fût arrêtée par une sorte d'ouverture circulaire dans le feuillage d'un grand tulipier qui s'élevait, à quelque distance de là, au milieu d'un groupe d'arbres qu'il dominait de toute sa tête. Au centre de cette ouverture, j'aperçus quelque chose de blanc, dont je ne pus pas d'abord déterminer la nature; mais, ayant rajusté le foyer de ma lunette, je distinguai, en regardant de nouveau, une tête de mort.

« Cette découverte porta mon exaltation au plus haut degré : je considérai désormais le problème comme résolu; car les indications « tige principale, septième branche à l'est » ne pouvaient se rapporter qu'à la position de la tête de mort sur l'arbre, et la phrase « laisser tomber de l'œil gauche de la tête de mort » ne comportait non plus qu'une interprétation, lorsqu'il s'agissait de la recherche d'un trésor enfoui. Je compris qu'il s'agissait de laisser tomber de l'œil gauche de cette tête de mort une pierre ou tout autre corps pesant, et qu'un cordeau ou ligne droite, tendu de la partie la plus rapprochée du tronc à l'endroit où serait tombée la pierre, puis prolongé au delà jusqu'à une distance de cinquante pieds, déterminerait un certain point, et il me parut au moins *possible* que quelque dépôt précieux eût été enfoui à cet endroit.

— Tout cela, dis-je, me semble parfaitement clair, et à la fois simple et ingénieux. Mais que fîtes-vous en quittant « l'hôtel de l'évêque ? »

— Après avoir relevé avec soin la position de mon grand arbre, je revins à la maison; mais du moment où je fus hors de la « chaise du diable, » l'ouverture circulaire disparut, et j'eus beau me retourner de tous les côtés, il me fut impossible de la retrouver. Ce qu'il y a, à mon avis, de plus ingénieux dans toute l'affaire, c'est ce fait, dont je me suis assuré par des expériences réitérées, que cette étroite corniche, sur la face du rocher, est le seul point d'où l'ouverture en question soit visible.

« Dans cette expédition à « l'hôtel de l'évêque, » j'avais été accompagné par Jupiter, qui, depuis quelque temps sans doute, ayant remarqué mon air abstrait, avait grand soin de ne pas me laisser seul. Mais le lendemain matin, m'étant levé de très-bonne heure, j'échappai à sa surveillance, et je m'enfonçai dans les montagnes, à la recherche de mon arbre. Après beaucoup de peine et de fatigue, je réussis à le trouver. Quant au dénoûment de l'aventure, vous le connaissez aussi bien que moi.

— Je présume, dis-je, que lors de notre première fouille, ce fut par suite de la stupidité de Jupiter, qui avait laissé tomber le scarabée par l'œil droit de la tête de mort, au lieu de l'œil gauche, que vous vous fourvoyâtes ?

— Précisément. Cette bévue occasionna une différence d'environ deux pouces et demi dans la position de la cheville la plus rapprochée de l'arbre. Si le trésor eût été enfoui à l'endroit même de la chute, l'erreur eût été sans conséquence ; mais cet endroit de la chute, ainsi que la partie de l'arbre la plus rapprochée, n'étaient que deux points destinés à établir une ligne de direction : l'erreur, quelque insignifiante qu'elle fût dans le principe, augmentait à mesure que cette ligne se prolongeait, et à cinquante pieds de distance, nous étions complétement fourvoyés. Sans ma ferme conviction qu'il y avait un trésor enfoui quelque part en cet endroit, nous en aurions été probablement pour nos peines.

— Mais m'expliquerez-vous votre ton d'inspiré, et cet air solennel avec lequel vous marchiez, en faisant tournoyer votre scarabée? Je crus, pour mon compte, que vous étiez fou. Et puis, pourquoi insistâtes-vous pour que ce fût le scarabée qu'on fît tomber, au lieu d'une pierre?

— A vous parler franchement, j'étais un peu piqué des soupçons que vous laissiez entrevoir à l'endroit de mon état sanitaire, et je résolus de vous punir, mais tout tranquillement, par une innocente mystification. C'est pour cela que j'affectai de faire tournoyer mon scarabée, et c'est pour cela aussi que je voulus le faire tomber du haut de l'arbre. Une observation que vous fîtes sur sa pesanteur me suggéra d'ailleurs cette dernière idée.

— Maintenant je comprends; et il n'y a plus qu'un point qui m'embarrasse.

— Lequel?

— Ces deux squelettes trouvés dans le trou.

— Quant à cela, je n'en sais pas plus que vous. Je ne vois guère qu'une manière plausible d'expliquer ce fait, et cette explication supposerait un crime horrible. Il est évident que Kidd, si c'est bien lui qui a enfoui ce trésor, ce dont je ne doute point, il est évident, dis-je, que Kidd a dû se faire aider dans cette opération. Mais l'opération une fois terminée, il a pu juger à propos de se débarrasser de gens qui savaient son secret. Peut-être deux coups de bêche bien assénés, tandis que ses aides étaient encore occupés dans le trou, ont-ils suffi. Peut-être en a-t-il fallu davantage. Qui peut le dire? Personne. »

FIN.

L'AÉRONAUTE HOLLANDAIS

L'AÉRONAUTE

HOLLANDAIS.

Le .. du mois de mai 18.. (je ne suis pas bien sûr de la date), une foule nombreuse se trouvait réunie, on ne dit pas pourquoi, sur la grande place de la ville de Rotterdam; l'air était calme et doux depuis le matin, quelques gouttes d'une pluie printanière ne mettaient personne de mauvaise humeur, car le ciel redevenait presque aussitôt pur et serein. Tout à coup, vers midi, une certaine agitation se manifesta dans les groupes; on entendit quelques exclamations et l'échange de quelques questions de surprise : puis dix mille têtes se levèrent vers la voûte azurée : et une immense clameur, qui pouvait être comparée à la voix des cascades du Niagara, éclata sur la place, à travers la ville et dans la banlieue de Rotterdam.

La cause de tout cet émoi fut bientôt évidente. De derrière une masse de nuages blanchâtres, on vit sortir lentement et se détacher sur le firmament un objet étrange, d'une forme si baroque, d'un aspect tellement extraordinaire, que l'ébahissement des bons bourgeois, qui regardaient le nez en l'air et la bouche béante, fut porté à son comble, sans qu'ils pussent rien y comprendre. Qu'est-ce que ce pouvait être? Personne ne le savait, personne ne pouvait le deviner; personne, pas même l'illustre bourgmestre, mynheer Superbus Von Underduk, ne trouvait la plus légère idée qui pût aider à éclaircir ce mystère; de sorte que, faute de mieux, chacun remit gravement sa pipe à sa bouche, et, tenant toujours l'œil fixé sur le phénomène, lâcha une bouffée de fumée, fit deux ou trois pas en se balançant lourdement, poussa un grognement significatif, puis reprit sa première position, et, après un nouveau grognement, lâcha une autre bouffée de fumée.

Cependant, l'objet de toute cette curiosité, la cause de toute cette fumée, descendait vers la cité d'Érasme. Au bout de quelques minutes, il en était assez rapproché pour qu'on pût bien le distinguer. C'était, à n'en pas douter, c'était, une espèce de ballon, mais un ballon tel qu'on n'en avait jamais vu auparavant, c'est-à-dire fabriqué avec de vieux journaux! Avait-on voulu, par hasard, se moquer des journalistes et des lecteurs de journaux en général ou de la presse locale et des bons habitants de Rotterdam en particulier? Quant à la forme, elle était plus insultante encore : reproduction assez exacte d'une vaste marotte renversée; et l'analogie parut plus frappante, lorsqu'en examinant la chose de plus près, on reconnut autour du bord supérieur ou de la base du cône, un cerceau garni de petites clochettes, dont le carillon discordant formait une sorte de charivari. Mais ce n'était pas tout. A l'extrémité de cette fantasque machine était suspendu par des rubans bleus, en guise de nacelle, un énorme chapeau de castor, couleur américaine, à grands bords et à calotte hémisphérique entourée d'un bourdalou de velours noir, avec boucle en argent. Ce chapeau paraissait connu de la plupart des assistants, et la dame Grettel Pfaall, qui ne put retenir, en le voyant, un cri de surprise et de joie, jura que c'était celui de son brave homme. Or, cette circonstance était d'autant plus remarquable, que ledit Pfaal avait disparu tout à coup, cinq ans auparavant, avec trois autres individus, sans qu'on sût comment, et que toutes les recherches faites depuis lors avaient été sans résultat. Je dois dire cependant qu'on avait récemment découvert, dans un endroit écarté, à l'est de la ville, et confondus au milieu d'un amas de débris informes, quelques ossements qu'on avait cru reconnaître pour des ossements humains; et les commères de Rotterdam ne doutaient pas que ce lieu n'eût été le théâtre d'un horrible assassinat, dont Hans Pfaall et ses compagnons avaient été, selon toute probabilité, les victimes. Mais revenons à notre histoire.

Le ballon (c'était bien un ballon, il n'y avait plus à s'y méprendre), le ballon n'était plus qu'à une centaine de pieds du sol, et la foule pouvait voir assez distinctement le personnage qu'il portait : à vrai dire un singulier personnage. Il ne pouvait guère avoir plus de deux pieds de haut ; mais cette taille, tout exiguë qu'elle était, ne lui aurait pas permis de conserver son équilibre et il aurait infailliblement fait la culbute par-dessus le bord du chapeau qui lui servait de nacelle, s'il n'eût été protégé par un filet circulaire, qui lui montait jusqu'à la poitrine et se rattachait aux cordes du ballon. Le corps de ce petit individu était d'un volume tout à fait hors de proportion avec sa hauteur, ce qui ajoutait à l'étrangeté de son aspect. Ses pieds étaient, nécessairement, cachés à la vue des spectateurs, mais ses mains paraissaient énormes. Ses cheveux grisonnants étaient noués en queue par derrière. Son nez était extrêmement saillant, rouge et crochu ; son œil, vif et perçant comme celui d'un faucon, ses joues et son menton, quoique déjà ridés par l'âge, étaient boursouflés et pendants ; mais on n'apercevait sur son chef aucune trace d'oreilles. Cet avorton était vêtu d'un paletot de satin bleu-ciel et d'une culotte courte pareille, avec des boucles d'argent aux genoux. Il portait un gilet en étoffe d'un jaune vif; une toque de taffetas blanc, garnie d'une petite plume rouge, était crânement posée sur le côté de sa tête; enfin, pour compléter ce bizarre accoutrement, un foulard rouge, roulé autour de son cou, retombait coquettement sur sa poitrine, où il se terminait en un nœud gigantesque.

Arrivé, ainsi que je l'ai dit, à une centaine de pieds de la surface de la terre, le petit homme fut saisi tout à coup d'un accès de tremblement et parut peu disposé à s'approcher davantage. Jetant donc une certaine quantité de sable d'un sac de toile qu'il souleva à grand'peine, il arrêta ainsi la descente de son ballon. Puis, d'un air fort agité, il tira de la poche de son paletot un grand portefeuille de maroquin. Il le pesa dans sa main, l'examina et parut évidemment surpris de son poids. Enfin il l'ouvrit, et en tirant une grosse lettre cachetée de cire rouge, il la laissa tomber aux pieds du bourgmestre Von Underduk. Son Excellence se baissa pour la ramasser; mais au même moment, l'aéronaute, toujours fort troublé et n'ayant plus apparemment aucune affaire qui le retînt à Rotterdam, se mettait en devoir de repartir; et, comme il était dans la nécessité de se débarrasser d'une partie de son lest afin de pouvoir s'enlever de nouveau dans l'air, les cinq ou six sacs qu'il jeta l'un après l'autre sans se donner la peine de les vider, descendirent sur le dos de l'infortuné bourgmestre et lui firent exécuter, aux yeux de tous ses administrés, des culbutes et des cabrioles plus grotesques les unes que les autres, sans que toutefois il lâchât sa pipe, manifestant au contraire son indignation par la vivacité inaccoutumée des bouffées de fumée qu'il poussait.

Cependant le ballon montait avec la légèreté d'une alouette, et, après s'être élevé à une grande hauteur au-dessus de la ville, finit par disparaître, au grand désappointement des bons habitants de Rotterdam, derrière un nuage semblable à celui d'où il était sorti. Toute l'attention de la foule se reporta alors sur la lettre, dont la transmission, avec ses suites, avait si gravement compromis la personne et la dignité de Son Excellence Von Underduk. Ce fonctionnaire, au milieu de ses évolutions gyratoires, n'avait pas négligé de prendre possession de cette précieuse missive, arrivée par une voie si extraordinaire; et on reconnut, en l'examinant, qu'elle ne pouvait tomber en de meilleures mains, puisque c'était à lui-même qu'elle était adressée, à lui et au professeur Rubadub, en leurs qualités respectives de président et de vice-président du Collége d'astronomie. Ces messieurs l'ouvrirent donc sur-le-champ, et y lurent ce qui suit :

« *A Leurs Excellences Von Underduk et Rubadub, président et vice-président du Collége des astronomes de la ville de Rotterdam.*

« Vos Excellences daigneront peut-être se rappeler un humble artisan, nommé Hans Pfaall, de son métier restaurateur de soufflets, qui avec trois autres individus disparut de Rotterdam, il y a environ cinq ans, d'une manière qui a dû paraître inexplicable. Avec la permission de Vos Excellences, c'est moi, le soussigné, qui suis ledit Hans Pfaall en personne. Il est à la connaissance de la plupart de mes concitoyens que j'ai habité pendant plus de quarante ans la petite maisonnette de brique située à l'entrée de la ruelle dite *Sauerkraut*, où je demeurais à l'époque de ma disparition. Mes ancêtres ont occupé de temps immémorial cette même maison, où ils exerçaient, comme moi, la profession de restaurateurs de soufflets; et, pour vous dire la vérité, avant ces derniers temps, où la politique a tourné la cervelle à tout le monde, il n'y avait pas à Rotterdam d'industrie plus honnête et, j'oserai ajouter, plus florissante. Le crédit était bon, l'ouvrage ne manquait jamais, et l'argent était toujours au bout. Mais, ainsi que je viens d'avoir l'honneur de le dire, on ne tarda pas à ressentir les effets de la liberté, des grands discours, du radicalisme et de tout ce qui s'ensuit. Ceux qui étaient autrefois nos meilleures pratiques, n'eurent pas le temps de penser à nous;

c'était tout ce qu'ils pouvaient faire que de se tenir au courant des révolutions, des progrès de l'intelligence, de l'esprit du siècle. Voulaient-ils souffler leur feu, ils se servaient de leur journal, qu'ils agitaient en guise d'éventail : le cuir et le fer paraissaient être devenus beaucoup plus indestructibles que les gouvernements, tant y a-t-il qu'il n'y eut bientôt plus dans Rotterdam un soufflet qui eût besoin de réparation.

« Cet état de choses était intolérable. Je devins pauvre comme un rat et, dans l'impossibilité de faire face aux charges qui pesaient sur moi, car j'avais une femme et des enfants à nourrir, je commençai à songer sérieusement au meilleur moyen de mettre fin à mes maux. Hélas ! mes créanciers ne me laissaient guère le loisir de la réflexion. Ils assiégeaient mon logis du matin au soir : il y en avait trois surtout qui me persécutaient cruellement, sans cesse en faction devant ma porte et me menaçant des rigueurs de la loi. Je jurai de me venger d'eux, si jamais j'avais le bonheur de les tenir en mon pouvoir, et, Dieu me le pardonne ! le plaisir que je me promettais de cette vengeance fut, je crois, la seule considération qui m'empêcha de mettre mon projet de suicide à exécution et de me faire sauter la cervelle avec une espingole. Cependant, je crus, devoir dissimuler et amuser mes persécuteurs par des promesses, en attendant que quelque hasard favorable me fournît l'occasion de prendre ma revanche.

« Un jour que j'étais parvenu à leur échapper, me sentant plus triste encore que de coutume, j'errai pendant longtemps, sans aucun but, dans les quartiers les plus obscurs de la ville et finis par me heurter contre une échoppe de bouquiniste. Je me jetai machinalement sur une chaise qui se trouvait là pour la commodité des chalands, et, sans trop savoir ce que je faisais, j'ouvris le premier livre qui me tomba sous la main. C'était une petite brochure sur l'astronomie spéculative, par le professeur Encke, de Berlin, ou par un Français dont le nom ressemblait à celui-là. Je possédais déjà quelques petites notions scientifiques, et je me trouvai bientôt tellement intéressé par le contenu de cette brochure, que je la lus deux fois d'un bout à l'autre avant de revenir au sentiment de ce qui se passait autour de moi. La nuit approchait, et je repris le chemin de ma maison; mais le sujet de ma lecture, se rattachant d'ailleurs indirectement à certaines confidences que j'avais reçues récemment d'un cousin de Nantes, avait fait une impression profonde sur mon esprit, et, tout en cheminant par les rues déjà sombres, je repassais soigneusement dans ma mémoire les raisonnements hardis de l'auteur, raisonnements qui dépassaient parfois la portée de mon intelligence. Certains passages surtout produisaient sur moi un effet extraordinaire; car la nature limitée de mon éducation générale, au lieu de m'inspirer des doutes sur mon aptitude à comprendre ce que j'avais lu et de me mettre en défiance des idées vagues que cette lecture avait fait naître dans mon esprit, ne servait au contraire qu'à aiguiser mon imagination.

« Il était tard quand je rentrai chez moi, et je me mis immédiatement au lit. Mais il me fut impossible de dormir, et je passai ma nuit entière à méditer. Je me levai de bonne heure et, courant chez mon bouquiniste, j'achetai, avec le peu de pièces de monnaie que j'avais pu réunir, quelques ouvrages de mécanique et d'astronomie pratique, que j'emportai sous mon bras. Je leur consacrai tous mes moments de loisir et j'eus bientôt fait, dans l'étude de ces sciences, des progrès qui me parurent suffisants pour l'exécution d'un dessein que le diable, ou peut-être mon bon génie, m'avait inspiré. Cependant, je ne négligeai rien pour apaiser les trois créanciers qui continuaient de me harceler. Dans ce but, je vendis une partie de mes meubles, avec le produit desquels je leur payai la moitié de ce que je leur devais, prenant l'engagement d'acquitter le reste aussitôt que j'aurais réalisé certain petit projet que j'avais en vue, leur dis-je, et pour l'exécution duquel leur concours m'était indispensable. Je parvins sans beaucoup de peine, car j'avais affaire à des esprits bornés, à les amener à mon but.

« Le terrain ainsi préparé, je trouvai, avec l'assistance de ma femme et en m'entourant de beaucoup de précautions, le moyen de vendre le reste de mon mobilier, et d'emprunter, par petites sommes et sous différents prétextes, une certaine quantité d'argent comptant, sans m'inquiéter (je l'avoue à ma honte) de savoir comment je ferais pour la rembourser. Avec cet argent, je me procurai, toujours en cachette, de la batiste très-fine, en coupons de douze mètres chaque; de la ficelle; du vernis de caoutchouc; une large et profonde corbeille en osier, que je fis fabriquer exprès, et plusieurs autres objets nécessaires pour la construction et le gréement d'un ballon d'une dimension extraordinaire. Je chargeai ma femme de le confectionner dans le plus bref délai possible et lui donnai des instructions sur la manière dont elle devait s'y prendre. Pendant ce temps, je fabriquai moi-même avec la ficelle un vaste filet, auquel j'adaptai un cerceau et des cordes; puis j'achetai des instruments et les matériaux nécessaires pour faire des expériences dans les plus hautes régions de l'atmosphère. Je pris ensuite mes mesures pour transporter nuitamment, dans un endroit écarté, situé à l'est de la ville, cinq futailles cerclées en fer, de la contenance d'environ cinquante *gallons* (quatre cents pintes) chacune, et une sixième plus grande que les autres; six tuyaux de fer-blanc, de trois pouces de diamètre sur dix pieds de long, et d'une forme convenable; une certaine quantité d'une substance métallique ou semi-métallique, que je ne nommerai pas, et une douzaine de dames-jeannes remplies d'un acide très-commun. Le gaz que l'on obtient de ces derniers ingrédients, est un gaz qui n'a jamais été fabriqué que par moi, ou du moins qui n'a jamais été appliqué par d'autres à l'aérostatique : tout ce que je puis dire, c'est que c'est un des éléments de l'azote, considéré si longtemps comme irréductible, et que sa densité est environ trente-sept fois et demie moindre que celle de l'hydrogène. Il est sans saveur, mais non pas inodore; il brûle, lorsqu'il est pur, avec une flamme verdâtre et détruit instantanément la vie animale. C'est à mon cousin de Nantes que je dois le secret de la composition de ce gaz.

« Je creusai un trou à la place que devait occuper chacun des cinq petits tonneaux pendant le gonflement du ballon. Ces cinq trous formaient un cercle de vingt-cinq pieds de diamètre, au centre duquel devait être placé le grand tonneau et où je creusai un trou plus profond. Dans chacun des cinq petits trous je déposai une boîte en fer-blanc contenant cinquante livres de poudre, et dans le grand un barillet qui en contenait cent cinquante livres. Je mis ce barillet en communication avec les cinq boîtes de fer-blanc au moyen de traînées couvertes ; puis, ayant inséré dans une des boîtes le bout d'une mèche de quatre pieds de long, je comblai le trou, et plaçai un des tonneaux par-dessus, laissant seulement sortir de terre, d'un pouce environ, l'autre extrémité de la mèche, qui, se trouvant contiguë au bord inférieur du tonneau, était à peine visible. Je comblai également les autres trous, et installai tous mes tonneaux aux places qui leur étaient respectivement destinées.

« Indépendamment des objets mentionnés plus haut, je transportai à mon futur quartier général un des appareils perfectionnés de Grimm pour la condensation de l'air atmosphérique. Je reconnus, toutefois, la nécessité d'y faire quelques changements assez importants pour l'approprier à l'usage auquel je le destinais ; mais, à force de travail et de persévérance, je parvins à compléter tous mes préparatifs. Mon ballon fut bientôt achevé. Il pouvait contenir au delà de quarante mille pieds cubes de gaz, ce qui était plus que suffisant, d'après mes calculs, pour m'enlever avec tout mon bagage et cent soixante-quinze livres de lest par-dessus le marché. Il avait reçu trois couches de vernis de caoutchouc, et je trouvai que la batiste pouvait, avec cet apprêt, remplacer parfaitement la soie, étant aussi solide et beaucoup moins dispendieuse.

« Tout étant prêt, je fis jurer à ma femme de garder un secret absolu sur ce qui s'était passé, à partir de ma première visite au bouquiniste : je lui promis, de mon côté, de revenir aussitôt que les circonstances le permettraient et, après lui avoir donné tout ce qui me restait d'argent, je lui fis mes adieux. J'étais sans inquiétude sur son compte ; je savais qu'elle était femme à se tirer d'affaire, et je crois même qu'elle ne fut pas précisément fâchée de se voir débarrassée d'un mari qu'elle avait toujours regardé comme une espèce de fainéant et de songe-creux. Quoi qu'il en soit, nous nous séparâmes lorsque la nuit fut venue ; et, avec l'aide de mes trois créanciers, exacts au rendez-vous que je leur avais assigné, je transportai par des chemins détournés le ballon, la nacelle et tous les accessoires à l'endroit où étaient déjà déposés les autres objets.

« C'était le 1er avril. La nuit était sombre ; on ne voyait pas une étoile au ciel, et une pluie fine, qui tombait par intervalles, ne laissait pas de nous incommoder. Mais ce qui me préoccupait pardessus tout, c'était mon ballon, que l'humidité commençait à alourdir, malgré le vernis dont il était enduit : je craignais aussi que ma poudre ne se mouillât. Il n'en fut rien heureusement. Je me mis à l'œuvre sur-le-champ et commençai par donner de la tablature à mes créanciers, en leur faisant piler de la glace autour du tonneau central et agiter l'acide dans les autres. Ils ne cessaient, cependant, de me harceler de questions, voulant savoir ce que je prétendais faire, et se montrant fort mécontents de la rude besogne que je leur imposais; ils ne voyaient pas, disaient-ils, à quoi bon les faire tremper jusqu'aux os, uniquement pour prendre part à quelque œuvre de sorcellerie. Je crois, en vérité, que ces imbéciles s'imaginaient que j'avais fait un pacte avec le diable et que l'affaire sentait le fagot. Il était donc à craindre qu'ils ne me laissassent là. Je parvins pourtant encore une fois à les calmer, en leur renouvelant l'assurance qu'ils seraient payés aussitôt que l'affaire qui nous occupait serait terminée. Ils interprétèrent cela à leur manière, se figurant apparemment que j'allais me trouver en possession de quelque somme considérable; or, pourvu que je m'acquittasse de ce que je restais leur devoir et que je les indemnisasse en outre de la peine que je leur donnais, ils se souciaient fort peu, sans doute, de ce que je deviendrais, corps et âme.

« Je travaillais moi-même avec beaucoup d'ardeur et, au bout de quatre heures et demie environ, je trouvai que le ballon était suffisamment enflé. J'y attachai donc la nacelle, dans laquelle je mis tout mon bagage : un télescope, un baromètre d'une construction particulière, un thermomètre, un électromètre, une boussole, une montre à secondes, une clochette, un porte-voix, un globe de verre soigneusement bouché et dans lequel on avait fait le vide, etc., etc. Je n'oubliai pas l'appareil condensateur, de la chaux vive, un bâton de cire à cacheter, une bonne provision d'eau, et des vivres, tels que du *pemmican*[1], contenant beaucoup de nourriture sous un petit volume. J'attachai aussi dans ma nacelle une couple de pigeons et une chatte.

« La nuit tirait à sa fin, et je jugeai qu'il était temps de partir. Laissant donc tomber par terre, comme par mégarde, un cigare allumé, je me baissai pour le ramasser et profitai de ce mouvement pour mettre le feu au bout de mèche qui pointait au pied d'un des petits tonneaux, ainsi que je l'ai expliqué. Cette manœuvre ayant été exécutée sans qu'aucun de mes trois créanciers s'en aperçût, je sautai dans ma nacelle et, coupant aussitôt l'unique corde qui la retenait, je me sentis, à ma grande satisfaction, enlevé avec une inconcevable rapidité : il semblait que le ballon eût pu porter facilement le double des cent soixante-quinze livres de plomb

1. Le *pemmican* est une substance alimentaire très-nutritive sous un petit volume, d'une conservation facile, et très-utile, par conséquent, aux explorateurs de contrées lointaines.

dont je l'avais lesté. Au moment où je quittai la terre, le baromètre marquait vingt-huit pouces, et le thermomètre centigrade dix degrés.

« Mais, à peine avais-je atteint la hauteur de cinquante mètres, qu'arrivait après moi, accompagné d'un épouvantable fracas, un si furieux ouragan de feu, de gravier, de débris de bois et de fer, de membres déchirés, que je me sentis prêt à défaillir et me laissai glisser, tremblant de peur, au fond de ma nacelle. Je comprenais, d'ailleurs, que tout n'était pas fini. En moins d'une seconde, en effet, tout mon sang reflua vers mes tempes, et immédiatement une commotion que je n'oublierai de ma vie, sembla bouleverser toute l'atmosphère et déchirer le ciel lui-même. Plus tard, quand je pus réfléchir à ce qui s'était passé, j'attribuai l'extrême violence du choc, en ce qui me concernait, à sa véritable cause : ma position au-dessus du foyer même de l'explosion et conséquemment dans la direction de sa plus grande force. Mais dans le moment je ne songeai qu'à moi. Le ballon s'affaissa d'abord, puis se dilata brusquement, puis tournoya sur lui-même avec une vitesse à donner le vertige, puis vacilla comme un homme ivre, et, au milieu de ces mouvements désordonnés, je me trouvai lancé, la tête la première, par-dessus le bord de ma nacelle.... La Providence permit, heureusement, que, dans ma chute, mon pied gauche s'engageât dans une espèce de nœud coulant formé par un bout de corde qui sortait par une fente près du fond de cette nacelle, et auquel je demeurai ainsi suspendu par une jambe. Il est impossible, absolument impossible de concevoir l'horreur de ma situation. Je fis des efforts convulsifs pour respirer; un frisson, semblable à celui de la fièvre, agita tous les nerfs et tous les muscles de mon corps; je sentis mes yeux prêts à jaillir hors de leurs orbites; un horrible malaise s'empara de tout mon être, et je finis par perdre connaissance.

« Combien de temps demeurai-je en cet état? je ne saurais le dire; mais quand je commençai à recouvrer le sentiment de l'existence, les premières lueurs de l'aube se montraient déjà, le ballon voguait à une prodigieuse hauteur au-dessus de l'immense océan et on n'apercevait aucune terre dans le vaste cercle de l'horizon. Mes sensations n'étaient cependant pas, à beaucoup près, aussi pénibles qu'on pourrait l'imaginer. Je portai mes mains, l'une après l'autre, devant mes yeux, et remarquai avec étonnement que les veines en étaient gonflées et les ongles tout noirs. J'examinai ensuite ma tête, en la secouant à plusieurs reprises, et, après l'avoir palpée avec soin, je m'assurai qu'elle n'était pas encore, ainsi que j'étais porté à le croire, aussi grosse que mon ballon. Puis, je tâtai mes poches et, n'y retrouvant pas mes tablettes et mon étui à cure-dents, je ne pus me rendre compte de la manière dont je les avais perdus, ce qui me chagrina fort. Il me sembla en ce moment que je ressentais une vive douleur à la cheville de mon pied gauche, et une vague idée de ma situation commença à poindre dans mon esprit, dont elle s'empara bientôt entièrement. Mais, le croira-t-on? je n'en fus pas épouvanté. Si j'éprouvai quelque émotion, ce fut une sorte de satisfaction intérieure en songeant à l'adresse que j'allais être obligé de déployer pour me tirer de ce mauvais pas, car je ne doutais pas un seul instant que je m'en tirerais à mon honneur. Je restai pendant quelques minutes plongé dans une méditation profonde. Je me rappelle parfaitement m'être pincé les lèvres, avoir plusieurs fois appliqué mon index contre mon nez et fait diverses autres simagrées habituelles aux gens qui, à l'aise dans un bon fauteuil, réfléchissent sur quelque affaire importante ou embrouillée. Lorsque je crus avoir suffisamment recueilli mes idées, je passai mes mains derrière mon dos, lentement et avec précaution, et je détachai la boucle en fer qui appartenait à la ceinture de mon pantalon. Cette boucle avait trois ardillons, qui étant un peu rouillés, tournaient difficilement sur leur axe. Je parvins cependant à les placer à angle droit avec le corps de la boucle et vis avec plaisir qu'ils restaient fermes dans cette position. Tenant cet instrument entre mes dents, je dénouai avec mes mains libres, le nœud de ma cravate. Je dus me reposer plusieurs fois pendant cette opération, mais enfin j'en vins à bout. Je fixai alors la boucle à une des extrémités de la cravate, dont j'enroulai, pour plus de sûreté, l'autre bout autour de mon poignet. Soulevant ensuite mon corps par un prodigieux effort musculaire, je réussis, du premier coup, à lancer la boucle par-dessus le rebord en osier de la nacelle, où elle s'accrocha, ainsi que je l'avais prévu.

« Mon corps se trouvait alors incliné vers le flanc de la nacelle, avec lequel il formait un angle d'environ quarante-cinq degrés; mais comme la nouvelle position que je venais de prendre avait pour effet d'écarter la nacelle elle-même d'environ quarante-cinq degrés de la ligne verticale, j'étais encore, de fait, dans une position presque horizontale, c'est-à-dire excessivement périlleuse. Je restai pendant près d'un quart d'heure dans cette situation, sans faire aucun nouvel effort et comme absorbé dans une sorte d'apathie idiotique. Mais cette torpeur se dissipa rapidement, pour faire place à un sentiment d'horreur, d'impuissance et de destruction : le sang qui, par son séjour prolongé dans les vaisseaux de ma tête et de ma gorge, avait produit chez moi une surexcitation portée jusqu'au délire, commençait à reprendre son équilibre, et mes idées plus nettes, en me donnant une perception plus vive du danger, ne servaient qu'à m'ôter le calme et le courage dont j'avais besoin pour le braver. Heureusement, cette faiblesse dura peu : le désespoir vint à mon aide et, me redressant par saccades convulsives, accompagnées de cris insensés, je finis par amener ma tête à la hauteur du bord tant désiré de la nacelle ; je m'y cramponnai par une étreinte invincible et, tordant mon corps par-dessus, je tombai tout palpitant dans l'intérieur de la corbeille.

« Il s'écoula quelque temps avant que je fusse assez sûr de mes sens pour m'occuper de mon ballon. Je l'examinai alors avec soin et trouvai, à mon grand soulagement, qu'il n'avait éprouvé aucune avarie. Mes instruments étaient tous intacts, et je n'avais perdu ni provisions ni lest : le fait est que j'avais si bien arrimé ma petite cargaison, qu'un accident de ce genre était à peu près impossible. Je consultai ma montre et vis qu'il était six heures. Je continuais de monter rapidement, et le baromètre indiquait une hauteur de trois milles trois quarts. Immédiatement au-dessous de moi, j'aperçus dans l'océan un petit objet noir, d'une forme légèrement allongée, et qui paraissait être de la taille d'un scarabée ordinaire. Je braquai mon télescope sur ce point et reconnus, non sans quelque étonnement, un vaisseau de ligne anglais de 94, toutes ses voiles carguées, tanguant péniblement dans la mer, avec le cap à l'ouest-sud-ouest. A l'exception de ce bâtiment, on ne voyait que l'océan et le ciel, éclairés par le soleil, depuis longtemps sur l'horizon.

« Je dois maintenant, et j'aurais même dû déjà, expliquer à Vos Excellences l'objet de mon voyage. Vos Excellences se rappelleront que la misère qui me poursuivait à Rotterdam avait fini par m'inspirer l'idée du suicide. Ce n'est pas que je fusse dégoûté de l'existence en elle-même; mais j'étais poussé à bout par des tribulations qui n'étaient que la conséquence naturelle d'un des accidents de l'existence. Dans cette disposition d'esprit, la vie m'étant à charge, et cependant ne désirant pas la mort, la brochure que je trouvai chez le bouquiniste ouvrit un nouvel horizon à mes idées, grâce surtout aux communications de mon parent de Nantes, lesquelles ne pouvaient venir plus à propos. Mon parti fut bientôt pris. Je résolus de quitter ce bas monde sans pour cela cesser de vivre; en d'autres termes, je résolus d'essayer, à mes risques et périls, de me frayer un passage jusqu'à la lune! Et pour qu'on ne me croie pas plus fou que je ne le suis, je vais vous exposer, autant que j'en suis capable, les raisons qui me portèrent à penser qu'une expédition de cette nature, bien que difficile sans doute et hérissée de dangers, n'était pas absolument hors des limites du possible.

« La première chose à considérer était la distance à parcourir pour aller de la terre à son satellite. La distance moyenne entre les centres des deux globes est d'environ soixante fois le rayon de la terre à l'équateur, soit de 237 000 milles. Je dis la distance *moyenne*, mais la forme de l'orbite de la lune étant une ellipse dont l'excentricité n'est pas moindre de 0,05484 de son demi-grand axe, et le centre de la terre occupant un des foyers de cette ellipse, on conçoit que si je pouvais rencontrer la lune à son périgée, cette distance se trouverait assez sensiblement diminuée. Laissant de côté, pour le moment, cette possibilité, il était certain que, dans tous les cas, n'allant pas du *centre* de la terre au centre de la lune, mais seulement de la *surface* de la terre à la surface de la lune, il fallait déduire des 237 000 milles ci-dessus le rayon de la terre, soit 4000 milles, et le rayon de la lune, soit 1080 milles, en tout 5080 milles, ce qui réduisait l'espace à franchir, en moyenne, à 231 290 milles. Or, je réfléchis que cette distance n'avait rien d'extraordinaire. On a maintes fois voyagé sur terre à raison de soixante milles à l'heure, et il est probable que l'on atteindra une vitesse beaucoup plus considérable. Mais, en ne supposant qu'une vitesse de soixante milles à l'heure, il ne me faudrait pas plus de cent soixante-un jours pour arriver à la lune. Il y avait, d'ailleurs, d'autres circonstances dont je parlerai tout à l'heure et qui me portaient à croire que ma vitesse moyenne pourrait excéder de beaucoup soixante milles à l'heure.

« Le second point à considérer était bien autrement important. On sait, grâce aux indications fournies par le baromètre, qu'en s'élevant de la surface de la terre, on a, à la hauteur de mille pieds, traversé environ la trentième partie de l'atmosphère ou de la masse d'air pondérable qui entoure notre planète ; qu'à dix mille six cents pieds on en a traversé près du tiers ; qu'à dix-huit mille pieds, c'est-à-dire à une hauteur qui approche de celle du Cotopaxi, on en a dépassé la moitié. On a calculé aussi qu'à une hauteur n'excédant pas la centième partie du diamètre de la terre, c'est-à-dire n'excédant pas quatre-vingts milles, la raréfaction devait être telle, que la vie animale n'y pouvait subsister ; et de plus, que les instruments et les procédés les plus délicats que l'on connaisse pour constater la présence de l'air atmosphérique, ne pouvaient nous donner la certitude de son existence. Mais je ne manquai pas de remarquer que ces calculs sont uniquement basés sur notre connaissance expérimentale des propriétés de l'air et des lois mécaniques qui règlent sa dilatation et sa compression, dans ce qu'on peut appeler relativement parlant, le voisinage immédiat de la terre. Je me dis, qu'on suppose en même temps qu'à une distance quel conque donnée, mais inaccessible, de sa surface, la vie animale n'est et ne saurait être susceptible d'aucune modification. De pareils raisonnements basés sur de pareilles données, n'ont nécessairement d'autre valeur que celle du raisonnement par analogie. La plus grande hauteur que l'homme eût atteinte jusqu'alors, était celle de vingt-cinq mille pieds, à laquelle s'élevèrent MM. Gay-Lussac et Biot, dans leur expédition aéronautique. C'est une hauteur modérée, même lorsqu'on la compare aux quatre-vingt milles en question, et il me semble qu'il y avait là matière à doute et un vaste champ ouvert aux spéculations philosophiques.

« En fait, un aérostat étant parvenu à une hauteur donnée quelconque, la quantité pondérable d'air qui sera traversée dans toute période ultérieure de son ascension, n'est point, ainsi qu'on l'a vu, en proportion de la hauteur additionnelle acquise dans cette nouvelle période ascensionnelle, mais bien dans une raison constamment décroissante. Il est donc évident qu'à quelque hauteur que l'on s'élève, on ne pourra, littéralement parlant, arriver à une limite au delà de laquelle il n'existe plus d'air atmosphérique. Il faut que cet air existe, pensais-je, dût-il exister à un état de raréfaction infinie.

« D'un autre côté, je n'ignorais pas que l'on a trouvé des arguments, et des arguments spécieux, pour prouver que l'atmosphère a une limite réelle et déterminée, au delà de laquelle il n'existe absolument plus d'air. Mais une circonstance que les partisans de cette limite ont négligée, me paraissait, sinon réfuter positivement leur opinion, au moins mériter un sérieux examen. Si l'on compare les intervalles de temps qui s'écoulent entre les retours successifs de la comète d'Encke à son périhélie, en tenant compte exact des perturbations résultant des attractions planétaires, on trouve que les périodes de cette comète vont en diminuant graduellement; c'est-à-dire que le grand axe de son ellipse se raccourcit, lentement il est vrai, mais d'une manière très-régulière. Or, c'est là précisément ce qui doit avoir lieu, si l'on suppose que la comète éprouve de la résistance de la part d'un milieu éthéré extrêmement rare, occupant les régions que traverse son orbite. Ce milieu, en ralentissant sa vitesse, affaiblira nécessairement sa force centrifuge et augmentera d'autant sa force centripète, en d'autres termes, l'attraction du soleil agira avec une puissance toujours croissante, et la comète s'en rapprochera de plus en plus à chaque révolution. Il n'y a pas d'autre manière d'expliquer la variation dont il s'agit. Autre fait : on remarque que le diamètre réel de la nébuleuse de cette même comète se contracte rapidement lorsqu'elle s'approche du soleil, et se dilate aussi rapidement lorsqu'elle s'en éloigne : n'étais-je pas fondé à supposer, avec

M. Valz, que cette apparente condensation de volume provenait de la compression de ce milieu éthéré dont j'ai déjà parlé et dont la densité augmente en raison de sa proximité du soleil? Le phénomène connu sous le nom de lumière zodiacale était encore un point digne d'attention. Cette lumière, si sensible entre les tropiques et qu'on ne saurait confondre avec aucune lumière météorique, s'élève obliquement de l'horizon en forme de lentille, dont la direction est, en général, celle de l'équateur solaire. Il me parut qu'elle devait avoir pour cause une atmosphère rare, s'étendant du soleil au delà de l'orbite de Vénus, au moins, et selon toute probabilité, indéfiniment plus loin [1]. Je ne pouvais supposer que ce milieu n'existât que dans les régions parcourues par la comète d'Encke ou dans le voisinage immédiat du soleil. Au contraire, il était facile de le concevoir remplissant les espaces de notre système planétaire, condensé autour des planètes elles-mêmes et de leurs satellites, en ce que nous appelons, dans un sens restreint, *atmosphère*, et peut-être modifié, dans quelques-uns de ces cas, par des considérations purement géologiques, c'est-à-dire modifié, soit dans ses pro-

1. La lumière zodiacale est probablement ce que les anciens appelaient *trabes*. *Emicant trabes quos docos vocant.* Pline, livre II, chap. XXVI.

portions, soit dans sa nature même, par les matières volatilisées provenant de ces globes respectifs.

« La question étant ainsi résolue dans mon esprit, il ne me restait plus guère de motifs d'hésitation. En admettant que je trouvasse, sur toute l'étendue de mon parcours, de l'air qui, bien qu'à un état de raréfaction plus ou moins grande, fût *essentiellement* le même que celui de notre atmosphère terrestre, je réfléchis que je pouvais facilement, à l'aide de l'ingénieux appareil de Grimm, le condenser en quantité suffisante pour les besoins de la respiration. Ainsi disparaissait le principal obstacle à un voyage à la lune. J'avais donc fait quelques frais et m'étais donné beaucoup de peine pour adapter cet appareil à l'usage que je me proposais d'en faire, et je comptais bien m'en servir à mon entière satisfaction, pour peu qu'il me fût possible d'accomplir mon voyage dans une limite de temps raisonnable. Ceci me ramène à la question de la *vitesse*.

« On sait que les aérostats, en quittant la terre, s'élèvent d'abord avec une vitesse modérée. Leur force ascensionnelle consistant uniquement dans la légèreté relative du gaz qu'ils contiennent par rapport à la pesanteur de l'air atmosphérique ambiant, on ne comprend pas bien, au premier abord, qu'en s'élevant de plus en plus et en arrivant par conséquent dans des couches atmosphériques dont la densité va toujours en diminuant, ils doivent acquérir une accélération de vitesse. Mais il n'était pas à ma connaissance que, dans aucune des expéditions aérostatiques dont les détails ont été consignés par écrit, on eût remarqué une *diminution* de vitesse dans le progrès ascensionnel; et pourtant il aurait dû en être ainsi, ne fût-ce qu'à cause de la fuite du gaz, occasionnée par la fabrication défectueuse des ballons, enduits seulement de vernis ordinaire. J'en conclus que l'effet de cette déperdition de gaz se bornait à contre-balancer l'accélération obtenue, et je considérai que, pourvu que je trouvasse dans mon parcours le *milieu* dont l'existence ne me paraissait pas douteuse, et que ce milieu se composât toujours *essentiellement* de ce qu'on appelle air atmosphérique, peu importait à quel état d'extrême raréfaction je le trouverais; car non-seulement le gaz du ballon serait soumis à la même raréfaction (auquel cas je pourrais en laisser échapper la quantité nécessaire pour prévenir une explosion), mais par sa nature même, que j'ai indiquée plus haut, il serait toujours spécifiquement plus léger que tout composé d'azote et d'oxygène. Il y avait donc une chance, je dirai mieux, une forte probabilité, qu'*à aucun moment de mon ascension je n'atteindrais un point où le poids réuni de mon immense ballon, du gaz très-subtil qu'il renfermait, de la nacelle et de son contenu, égale-*

rait le poids du volume d'air extérieur déplacé; et c'était la seule chose qui pût arrêter mon progrès ascensionnel. Mais en supposant même que j'atteignisse ce point, je pouvais m'alléger de mon lest et d'autres objets, représentant ensemble près de trois cents livres pesant. Cependant, la force de gravitation décroîtrait constamment en raison des carrés des distances, de sorte qu'avec une vitesse prodigieusement accélérée, j'arriverais enfin dans ces régions où la force d'attraction de la terre serait remplacée par celle de la lune.

« Il y avait, toutefois, une autre difficulté, qui m'arrêta quelque temps. On a observé que, dans les ascensions aérostatiques poussées à une grande hauteur, on éprouve, indépendamment de la difficulté de respirer, un malaise général, souvent accompagné de saignement de nez et d'autres symptômes fâcheux, malaise qui augmente en raison de la hauteur acquise[1]. C'était assez inquiétant, il faut l'avouer. N'était-il pas à craindre que ces symptômes n'allassent en s'aggravant, jusqu'à ce que la mort elle-même s'ensuivît? Je finis, après y avoir bien réfléchi, par me persuader qu'il ne devait pas en être ainsi. C'était dans la diminution progressive

1. M. Green et d'autres aéronautes récents, contestent les assertions de M. de Humboldt à cet égard, et déclarent au contraire que ce malaise va en diminuant; ce qui confirme la théorie de maître Hans Pfaall.

de la pression atmosphérique *accoutumée* sur la surface du corps, diminution qui avait pour conséquence la distension des vaisseaux sanguins superficiels, qu'il fallait chercher l'origine de ces symptômes, et non dans aucune désorganisation positive du système animal, ainsi que cela a lieu pour la difficulté de respiration qui provient de ce que la densité de l'atmosphère est *chimiquement* insuffisante au renouvellement normal du sang à la surface respiratoire. Je ne voyais donc pas de raison, tant que ce renouvellement du sang aurait lieu, pour que la vie ne pût se maintenir, même dans le vide, car l'expansion et la contraction de la poitrine ne sont qu'une action purement musculaire, qui est la cause et non pas l'effet de la respiration. En un mot, je conclus qu'à mesure que le corps s'habituerait à la diminution de la pression atmosphérique, le malaise en question se dissiperait peu à peu; et, pour le supporter tant qu'il durerait, j'avais quelque confiance dans la vigueur d'une constitution de fer.

« Je viens d'exposer à Vos Excellences quelques-unes des considérations sur lesquelles je basai mon projet de voyage à la lune. Il me reste à vous faire connaître le résultat d'une entreprise si audacieuse en apparence, et, dans tous les cas, jusqu'alors sans exemple dans les annales du genre humain.

« Parvenu, ainsi que je l'ai dit, à une hauteur de

trois milles trois quarts, je jetai hors de ma nacelle une poignée de plumes et reconnus que je continuais de monter avec une rapidité suffisante : il était dès lors inutile de jeter du lest. J'en fus fort aise ; car, n'ayant aucune certitude positive quant à la gravitation de la lune et à la densité de son atmosphère, je désirais conserver autant de lest que j'en pouvais porter. Je n'éprouvais encore aucune espèce de malaise, et ma respiration était parfaitement libre. La chatte, gravement couchée sur mon habit, que j'avais ôté, regardait les pigeons d'un air nonchalant : ces derniers, attachés par la patte, de peur qu'ils ne s'envolassent, étaient occupés à becqueter quelques grains de riz jetés pour eux au fond de la nacelle.

« A six heures vingt minutes, le baromètre indiquait une élévation de vingt-six mille quatre cent pieds, ou environ cinq milles. La vue paraissait n'avoir pas de bornes. Il est, du reste, facile de calculer quelle était l'étendue de la surface de la terre que mon regard pouvait alors embrasser. La surface convexe d'un segment sphérique quelconque est à la surface entière de la sphère comme le sinus verse du segment est au diamètre de la sphère. Or, dans le cas actuel, le sinus verse, c'est-à-dire l'épaisseur du segment qui s'étendait au-dessous de moi, était à peu près égal à mon élévation. La portion de la surface terrestre que je découvrais était donc à la surface totale du globe dans le rapport de cinq milles à huit milles; en d'autres termes, elle en représentait la seize-centième partie. La mer paraissait unie comme un miroir, quoique, à l'aide du télescope, je pusse voir qu'elle était dans une agitation violente. On n'apercevait plus le vaisseau qui avait disparu dans la direction de l'est. Je commençai à ressentir, par intervalles, des douleurs assez vives dans la tête, et particulièrement vers les oreilles; cependant je respirais assez facilement. Quant à mes compagnons de voyage, la chatte et les pigeons, ils paraissaient parfaitement à leur aise.

« A sept heures moins un quart, le ballon entra dans un long et épais nuage, espèce de brouillard qui endommagea quelque peu mon appareil condensateur et me pénétra jusqu'aux os. C'était une rencontre inattendue, car je ne supposais pas qu'un nuage de cette nature pût se soutenir à une si grande élévation. Je crus devoir jeter deux morceaux de plomb de cinq livres chacun, ce qui me laissait encore cent soixante-cinq livres de lest.

« Grâce à cette manœuvre, je ne tardai pas à sortir de ce mauvais pas, et je m'aperçus aussitôt que je montais avec beaucoup plus de rapidité. Il y avait quelques secondes à peine que j'avais dépassé le nuage, lorsqu'un éclair éblouissant, le sillonnant tout à coup, l'enflamma d'un bout à l'autre, lui donnant l'aspect d'un immense incendie. Il faut se rappeler que ceci se passait en plein jour : on ne saurait se faire une idée d'un pareil phénomène éclatant au milieu des ténèbres de la nuit; ce doit être une image assez exacte de l'enfer. Quoi qu'il en soit, mes cheveux se dressèrent sur ma tête, rien qu'à contempler sous mes pieds les gouffres béants à travers lesquels mon imagination plongeait dans de vastes fournaises ardentes et dans les abîmes sans fond d'une mer de feu. Je l'avais échappé belle. Si j'étais resté quelques instants de plus dans le nuage, ou, pour mieux dire, si l'humidité qui m'incommodait ne m'avait pas décidé à jeter du lest, la destruction de mon ballon et ma mort auraient pu être et auraient été, selon toute probabilité, la conséquence de cet accident imprévu. Les dangers de cette nature, auxquels on ne songe pas assez, sont au nombre des plus sérieux qu'un aéronaute ait à redouter. Mais j'étais déjà à une trop grande hauteur pour concevoir de nouvelles inquiétudes à ce sujet.

« Je montais rapidement, et à sept heures le baromètre indiquait neuf milles et demi. Je commençai à éprouver beaucoup de gêne dans ma respiration. J'avais aussi un violent mal de tête; et ayant senti depuis quelque temps une certaine moiteur sur mes joues, je finis par trouver que c'était du sang qui suintait de mes oreilles. Mes yeux aussi m'inquiétaient. Il me sembla, en passant ma main dessus, qu'ils étaient considérablement sortis de leurs orbites : les objets qui se trouvaient dans la nacelle et le ballon lui-même m'apparaissaient d'ailleurs sous des formes altérées. Ces symptômes, qui allaient au delà de mes prévisions, ne laissèrent pas de m'alarmer. Dans ce moment, et sans trop savoir ce que je faisais, j'eus l'imprudence de jeter encore trois morceaux de plomb, pesant ensemble quinze livres. L'accélération de vitesse obtenue par cette diminution de lest eut pour effet de m'enlever, trop rapidement et sans gradation suffisante, dans une couche d'atmosphère très-raréfiée, et peu s'en fallut que cette brusque transition n'eût des suites fatales. Je fus pris tout à coup de spasmes qui durèrent plus de cinq minutes, et, même lorsqu'ils eurent en partie cessé, je me trouvai dans l'impossibilité de respirer autrement qu'à de longs intervalles et avec effort, saignant abondamment, pendant tout ce temps, du nez, des oreilles et même un peu des yeux. Mes pigeons, qui paraissaient souffrir beaucoup, se débattaient avec l'intention évidente de s'échapper ; la chatte poussait des miaulements plaintifs, et, la langue pendante, s'agitait comme si elle eût été sous l'influence de quelque poison. Je reconnus trop tard quelle imprudence j'avais commise en jetant du lest, et ma frayeur devint extrême. Je ne m'attendais à rien de moins qu'à la mort, et à une mort très-prochaine. Les souffrances physiques que j'éprouvais contribuaient encore à me rendre presque incapable du moindre effort pour sauver ma vie. C'est à peine s'il me restait assez de liberté d'esprit pour réfléchir, et mon mal de tête allait toujours en augmentant. Je sentis que, pour peu que cela continuât, je finirais par perdre connaissance, et j'avais déjà saisi une des cordes de la soupape du ballon avec l'intention de redescendre, lorsque le souvenir du mauvais tour que j'avais joué à mes trois créanciers et la crainte des conséquences fâcheuses qui pourraient en résulter pour moi, me firent renoncer à ce dessein. Je me couchai au fond de la nacelle, et j'essayai de recueillir mes idées. J'y réussis en partie, assez du moins pour prendre une résolution, celle d'essayer l'effet d'une saignée. Ne possédant pas de lancette, je fus forcé d'y suppléer de mon mieux et je parvins enfin à m'ouvrir une veine du bras gauche avec mon canif. Le sang avait à peine commencé à couler que j'éprouvai un notable soulagement; et lorsque j'eus perdu à peu près la moitié d'une cuvette de moyenne capacité, la plupart des symptômes qui m'avaient tant alarmé avaient disparu. Je ne crus pas cependant, devoir essayer de me remettre de suite sur mes pieds, mais, après avoir bandé mon bras aussi bien que je pus, je restai encore couché pendant un quart d'heure environ. Au bout de ce temps, je me levai et me sentis plus à mon aise que je ne l'avais été depuis une heure; cependant je respirais encore difficilement, et je jugeai que je serais bientôt obligé de faire usage de mon condensateur. Sur ces entrefaites, en jetant par hasard les yeux sur la chatte, qui s'était recouchée sur mon habit, je m'aperçus, à ma grande surprise, qu'elle avait profité de mon indisposition pour donner le jour à trois petits chats. Je ne m'attendais nullement à cette addition à mon rôle d'équipage, mais je m'en réjouis. Elle me fournissait l'occasion de vérifier une conjecture qui, plus que toute autre chose, m'avait décidé à tenter cette ascension. J'avais pensé que *l'habitude* de la pression atmosphérique à la surface de la terre était la principale cause de la douleur que les animaux, et l'homme en particulier, éprouvaient à une certaine distance de cette surface. Si les jeunes chats souffraient *autant que leur mère*, je devais regarder ma théorie comme erronée, mais s'il en était autrement, mon opinion ne se trouverait-elle pas confirmée?

« A huit heures, j'étais à dix-sept milles de la surface de la terre. J'en conclus que non-seulement ma vitesse ascensionnelle était accélérée, mais que cette accélération aurait encore été sensible, lors même que je n'eusse pas jeté de lest. Mes douleurs de tête et d'oreilles revinrent par intervalles avec violence, et les saignements de nez de temps à autre; mais, en somme, je souffrais beaucoup moins qu'on aurait pu le supposer. Ma respiration seule devenait de plus en plus difficile, chaque aspiration étant accompagnée d'une action spasmodique de la poitrine qui ne laissait pas de me fatiguer. Je déballai donc mon appareil condensateur et le tins prêt à fonctionner.

« Je jouissais alors d'une vue magnifique. Au couchant, au nord et au sud, aussi loin que mes regards pouvaient porter, s'étendait l'immense nappe de l'océan, sur laquelle on ne distinguait pas un pli et dont la nappe bleuâtre devenait de plus en plus foncée. Bien loin dans l'est, j'apercevais les îles Britanniques, les côtes occidentales de la France et de l'Espagne, et une petite partie du nord de l'Afrique. Du reste, les détails de ce panorama s'étaient complétement effacés et les plus orgueilleuses cités de la terre semblaient avoir disparu du sol avec tous leurs monuments.

« Ce qui m'étonna le plus dans l'aspect sous lequel les choses se présentaient à mes yeux, ce fut la concavité apparente de la surface du globe. Je m'attendais, assez inconsidérément, à voir la convexité réelle se dessiner à mesure que je m'élèverais; mais un instant de réflexion suffit pour m'expliquer mon erreur. Une ligne abaissée verticalement de mon ballon à la terre, aurait fourni le côté perpendiculaire d'un triangle rectangle, dont la base se serait étendue, à angle droit, du pied de cette perpendiculaire à l'horizon, et l'hypoténuse de l'horizon à mon ballon. Mais mon élévation, c'est-à-dire ma distance verticale de la terre, n'était rien, ou n'était que peu de chose, comparativement au champ de ma perspective, en d'autres termes, la base et l'hypoténuse de ce triangle imaginaire auraient été, dans le cas actuel, tellement longues par rapport au côté vertical, qu'on aurait pu les considérer comme étant presque parallèles. C'est ainsi que l'aéronaute croit toujours voir l'horizon au niveau de sa nacelle. Mais comme le point de la surface de la terre qui se trouve directement sous lui paraît être, et qu'il est, en effet, à une distance plus ou moins grande, il est naturel que ce point semble s'enfoncer d'autant au-dessous de la ligne de l'horizon. De là l'impression de concavité, impression qui subsiste tant que la hauteur acquise n'est pas telle, par rapport à la perspective, que le parallélisme apparent de la base et de l'hypoténuse soit tout à fait détruit.

« Les pigeons paraissant alors en proie à de vives souffrances, je résolus de leur donner la liberté. Je commençai par en détacher un, bel oiseau au plumage gris et blanc, et je le posai sur le bord de la nacelle. Il parut fort inquiet, regarda de tous côtés avec anxiété, en agitant ses ailes et roucoulant avec force, mais il ne put se décider à quitter la nacelle. Je le pris enfin et le lançai à cinq ou six mètres du ballon. Il n'essaya pas de descendre, ainsi que je m'y attendais ; il fit, au contraire, de violents efforts pour revenir à moi, poussant en même temps des cris perçants et très-forts. Il parvint à reprendre sa position sur le bord de la nacelle, mais il venait à peine de s'y poser, que sa tête s'affaissa sur sa poitrine et qu'il tomba à mes pieds : il était mort. L'autre fut plus heureux. Ne voulant pas qu'il suivît l'exemple de son compagnon, je le jetai de haut en bas de toute ma force, et j'eus le plaisir de voir qu'il continuait de descendre avec une grande vitesse, faisant usage de ses ailes avec facilité et d'une manière parfaitement naturelle : en très-peu de temps je le perdis de vue et je ne doute pas qu'il ne soit arrivé sain et sauf. Ma chatte, à peu près remise de son indisposition, se régala du pigeon mort, puis s'endormit, en apparence fort satisfaite. Ses petits étaien très-vivaces et ne donnaient pas le moindre signe de malaise.

« A huit heures un quart, ne pouvant plus reprendre haleine sans une intolérable douleur, je me mis en devoir d'ajuster autour de ma nacelle un appareil que j'avais imaginé ; et à ce sujet, il est nécessaire d'entrer dans quelques explications.

Je ferai donc remarquer à Vos Excellences que l'objet que je me proposais était, avant toute chose, de m'isoler entièrement, moi et ma nacelle, de l'atmosphère extrêmement raréfiée au milieu de laquelle je me trouvais, puis d'introduire, au moyen de mon condensateur, dans l'intérieur de la barrière que j'aurais établie autour de moi, une certaine quantité de cette même atmosphère suffisamment condensée pour que je pusse y respirer. Dans ce but, j'avais préparé un grand sac en caoutchouc, flexible par conséquent, mais très-fort et imperméable à l'air. Après y avoir fait entrer le fond de ma corbeille, je le tirai par en haut, enveloppant de cette manière tout le contour de la nacelle, puis je continuai de le faire monter par-dessus les cordages, jusqu'au cerceau où s'attache le filet du ballon. Je me trouvai ainsi clos de tous côtés, à l'exception du haut, que j'avais encore à fermer, en faisant passer le bord supérieur de mon sac par-dessus le cerceau du filet ou, pour parler plus exactement, entre le cerceau et le filet. Mais si je détachais le filet du cerceau pour exécuter cette manœuvre, qu'est-ce qui, pendant ce temps, soutiendrait la nacelle? Heureusement que le filet n'était pas fixé à demeure au cerceau; il y était seulement maintenu par une série de brides courantes ou boutonnières. Je commençai par défaire quelques-unes de ces brides, laissant la nacelle suspendue à celles qui restaient. Ayant alors passé par-dessus la partie du cerceau ainsi dégagée une portion de l'étoffe du haut du sac, je rattachai les brides du filet, non plus au cerceau, ce qui eût été impossible, à cause de l'interposition de cette étoffe, mais à une suite de gros boutons que j'avais cousus d'avance à l'extérieur du sac, à trois pieds environ de son ouverture et à des intervalles réguliers qui correspondaient aux intervalles existant entre les brides. Cela fait, je détachai du cerceau quelques autres brides, je passai une autre portion de l'étoffe et rattachai ces dernières brides aux boutons qui leur étaient affectés. De cette manière, j'introduisis successivement toute la partie supérieure de mon sac entre le filet et le cerceau. Ce dernier, ne tenant plus à rien, devait nécessairement tomber dans la nacelle, qui ne serait plus elle-même soutenue que par la force de résistance des boutons. C'était une garantie bien précaire en apparence; mais il faut considérer que ces boutons, très-forts par eux-mêmes et très-solidement cousus, étaient en outre tellement rapprochés, que chaque bouton n'avait à supporter qu'une très-faible partie du poids total; de sorte que je n'aurais pas eu la moindre inquiétude, la nacelle et son contenu eussent-ils été trois fois plus pesants qu'ils ne l'étaient en réalité. Je remontai le cerceau jusqu'au haut de l'intérieur du sac et l'établis presque à son ancienne hauteur en l'étayant sur trois perches légères, dont je m'étais muni à cet effet : cette opération avait pour but de tenir le haut du sac tendu et de maintenir la partie inférieure du filet à sa place. Il ne me restait plus qu'à fermer l'orifice du sac, ce que je fis en réunissant à l'intérieur tous les plis de l'étoffe et les tordant fortement à l'aide d'une sorte de tourniquet.

« Dans le contour du sac qui enveloppait ainsi ma nacelle, étaient adaptés trois verres circulaires assez épais, mais au travers desquels je pouvais voir facilement dans toutes les directions horizontales. Il y avait, au fond, une quatrième fenêtre du même genre, correspondant à une petite ouverture pratiquée au fond de la nacelle. Cette quatrième fenêtre me permettait de voir de haut en bas; mais n'ayant pu faire de disposition semblable dans le haut du sac, à cause de la manière dont il se fermait et des plis qui en résultaient, je ne voyais pas les objets placés à mon zénith. C'était, au reste, de peu d'importance; car, en supposant même que j'eusse trouvé le moyen d'installer une de ces fenêtres au-dessus de ma tête, le ballon m'aurait intercepté la vue.

« A un pied au-dessous d'une des fenêtres latérales était un trou rond, de trois pouces de diamètre, garni d'un cercle en cuivre formant pas de vis. Sur ce cercle de cuivre je vissai le tuyau du condensateur, le corps de la machine se trouvant, ainsi qu'il va sans dire, en dedans de mon sac ou de ma chambre de caoutchouc. En faisant le vide dans cette machine, j'attirai par le tuyau une certaine quantité d'air extérieur qui, après y avoir été condensé, fut mêlé à l'air qui se trouvait déjà dans la chambre. Cette opération, plusieurs fois renouvelée, finit par emplir la chambre d'une atmosphère tout à fait propre à la respiration; mais, dans un espace aussi resserré, cet air ne devait pas tarder à se vicier par suite d'un contact fréquent avec les poumons. Il était alors expulsé par une petite soupape ménagée au fond de la nacelle, se précipitant par son propre poids dans l'atmosphère raréfiée de l'intérieur.

« Pour obvier aux inconvénients qui seraient résultés d'un *vide* complet dans la chambre, cette opération pour renouveler l'air, ne s'effectuait jamais tout d'un coup, mais peu à peu; la soupape ne restait ouverte que quelques secondes, puis je la refermais jusqu'à ce qu'un ou deux coups du piston condensateur m'eussent fourni assez d'air pour remplacer celui dont je venais de me débarrasser. J'avais, par forme d'expérience, mis la chatte et sa progéniture dans un petit panier suspendu, en dehors de la nacelle, à un bouton placé au fond, près de la soupape, par laquelle je pouvais, au besoin, leur passer des vivres. Ce ne fut pas sans quelque risque que j'opérai, avant de fermer l'orifice de mon sac, la pose de ce panier, en atteignant le dessous de la nacelle à l'aide d'une des perches dont j'ai parlé et à l'extrémité de laquelle était fixé un crochet. Dès qu'un air plus dense eut été introduit dans la chambre, le cerceau et les perches qui le soutenaient devinrent inutiles, l'expansion de cet air suffisant pour dilater fortement l'étoffe élastique du sac.

« Lorsque j'eus achevé mes arrangements et rempli la chambre d'air respirable, il était neuf heures moins un quart. Pendant tout le temps qu'avaient exigé ces soins, je souffris cruellement de la difficulté de respirer, et je me repentis bien de la négligence ou plutôt de la folle témérité dont je m'étais rendu coupable en ne m'en occupant pas plus tôt. Heureusement que je ne tardai pas à recueillir le fruit de mes travaux ; je recommençai à respirer avec une parfaite aisance, et fus agréablement surpris de me trouver débarrassé en grande partie de mes douleurs : un léger mal de tête, accompagné d'une sensation de plénitude ou de distension aux poignets, aux chevilles et à la gorge, était à peu près tout ce qui m'en restait.

« A neuf heures moins vingt minutes, c'est-à-dire quelques instants avant que je fermasse l'orifice de mon sac, le mercure ne trouvant plus de contrepoids dans l'air, tomba dans la cuvette de mon baromètre. J'étais alors à une hauteur de cent trente-deux mille pieds, ou de vingt-cinq milles, et, par conséquent, la surface de la calotte sphérique exposée à mes regards ne représentait pas moins de la trois cent vingtième partie du globe. A neuf heures, j'avais encore perdu de vue la terre dans l'est, mais pas avant de m'être aperçu que le ballon portait rapidement au nord-nord-ouest. L'océan conservait toujours son apparence concave, quoique ma vue fût souvent interceptée par les masses de nuages qui flottaient çà et là bien au-dessous de moi.

« A neuf heures et demie, je jetai une poignée de plumes par la soupape de ma nacelle. Ces plumes, au lieu de flotter dans l'air, descendirent perpendiculairement, comme un boulet, en masse et avec une telle vitesse que je les eus perdues de vue en quelques secondes. Je ne sus d'abord que penser de ce phénomène, ne pouvant croire que ma vitesse ascensionnelle eût éprouvé une accélération aussi prodigieuse; mais je fis bientôt la réflexion que l'atmosphère était, dans ces régions, beaucoup trop rare pour soutenir même des plumes, qu'elles tombaient donc réellement avec une grande vitesse, et que cette vitesse devait me paraître d'autant plus grande qu'elle se combinait avec ma propre vitesse ascensionnelle.

« A dix heures, je ne voyais presque plus rien

qui réclamât mes soins immédiats. Tout allait à souhait, et j'étais persuadé que le ballon continuait de monter avec une vitesse toujours croissante, quoique je n'eusse plus le moyen de constater les progrès de cette accélération. Délivré de toute espèce de malaise, éprouvant, au contraire, un sentiment de bien-être que je n'avais pas connu depuis mon départ de Rotterdam, je m'occupais tantôt à inspecter mes différents appareils, tantôt à renouveler l'atmosphère de l'intérieur de ma chambre. Quant à ce renouvellement d'air, je résolus de m'en occuper à des intervalles réguliers de quarante minutes, et cela moins par nécessité absolue que par excès de précaution, ou plutôt par luxe. Pendant les loisirs que ces soins me laissaient, mon imagination s'égarait parmi les merveilles inconnues du monde lunaire. Je me figurais d'antiques forêts, des rochers escarpés, des cataractes se précipitant à grand bruit dans des abîmes sans fond; puis j'étais transporté tout à coup dans de vastes solitudes, où régnait un calme éternel, où pas un souffle d'air ne se faisait jamais sentir, où s'étendaient, immobiles et silencieuses, d'immenses prairies de pavots et de fleurs qui semblaient appartenir à la famille des liliacées; puis je m'enfonçais dans une autre région, région brumeuse, qui offrait le vague aspect d'un lac bordé de nuages. Ces rêves, d'ailleurs, n'étaient pas seuls en possession de mon cerveau. Trop souvent d'horribles visions se présentaient à mon esprit, et la simple idée de la possibilité de leur existence me glaçait de terreur. Cependant, jugeant avec raison que les dangers réels et palpables du voyage devaient suffire à occuper mon attention sans partage, je ne permettais pas à ma pensée de s'arrêter longtemps sur ces derniers caprices d'une imagination trop ardente.

« A cinq heures de l'après-midi, je profitai du moment où je renouvelais l'atmosphère de ma chambre pour observer à travers la soupape ma chatte et sa jeune famille. La pauvre mère paraissait très-souffrante, et je n'hésitai pas à attribuer son indisposition à la difficulté de respirer; mais mon expérience avait eu, quant aux petits chats, un résultat assez étrange. Je m'attendais naturellement à les voir manifester, quoiqu'à un moindre degré que leur mère, un sentiment de malaise, ce qui eût suffi pour confirmer mon opinion sur l'habitude de la pression atmosphérique. Mais j'étais loin de m'attendre à les trouver en parfaite santé, respirant avec autant de facilité que de régularité, sans le moindre signe de souffrance. Je ne pus expliquer cette circonstance qu'en donnant un plus grand développement à ma théorie en supposant que l'atmosphère très-raréfiée qui nous entourait n'était peut-être pas, ainsi que je l'avais cru, chimiquement insuffisante à l'existence, et qu'une personne née dans ce milieu n'y éprouverait peut-être aucune gêne de respiration, tandis que, transportée dans les couches plus épaisses qui avoisinent la terre, elle pourrait éprouver des douleurs semblables à celles que j'avais naguère ressenties. J'ai regretté vivement, depuis, qu'un malencontreux accident, en me séparant de ma petite famille de chats, m'eût empêché d'approfondir cette question comme une expérience plus prolongée m'aurait permis de le faire. En passant la main par le trou de la soupape pour donner une tasse d'eau à la mère, la manche de ma chemise s'embarrassa dans l'œillet qui soutenait le panier et le détacha du bouton. Si ce panier se fût instantanément évaporé, il n'aurait pu disparaître à mes yeux d'une manière plus soudaine. Il ne s'écoula pas, j'en suis sûr, la dixième partie d'une seconde entre le moment où il fut détaché du bouton et celui où il disparut complétement, avec son contenu. Mes vœux sincères le suivirent dans son voyage, mais je n'espérais pas que la chatte ou ses petits survécussent pour raconter leur mésaventure.

« A six heures, je remarquai qu'une grande partie de la surface visible de la terre, du côté de l'est, se couvrait d'une ombre épaisse qui continua de s'avancer avec rapidité, jusqu'à ce qu'enfin, à sept heures moins cinq minutes, toute cette partie de la terre fût plongée dans les ténèbres de la nuit. Cependant les rayons du soleil couchant continuèrent longtemps encore d'éclairer le ballon; et cette circonstance, que j'avais prévue, ne m'en causa pas moins un sensible plaisir. Il était évident que, le lendemain matin, je verrais le soleil levant bien avant les habitants de Rotterdam, quoique ceux-ci fussent beaucoup plus à l'est, et qu'ainsi, jour après jour, à mesure que je m'élèverais, je jouirais plus longtemps de la lumière solaire. Je résolus de tenir un journal de mon voyage, en comptant pour un jour vingt-quatre heures consécutives, sans avoir égard à la durée plus ou moins longue des intervalles d'obscurité.

« A dix heures, me sentant disposé à dormir, je me mis en devoir de me coucher pour le reste de la nuit; mais ici se présenta une difficulté qui, toute naturelle qu'elle paraisse, avait jusqu'alors échappé à mon attention. Si je m'endormais, ainsi que j'en éprouvais l'envie et le besoin, comment se renouvellerait, pendant mon sommeil, l'atmosphère de la chambre? Il était impossible de respirer cet air pendant plus d'une heure, au maximum; et, en supposant qu'on allât jusqu'à cinq quarts d'heure, il en pouvait résulter les conséquences les plus fâcheuses. Cette question m'embarrassa singulièrement, et l'on aura peine à croire qu'après les dangers que j'avais courus, je considérai la chose comme tellement grave, que je désespérai de mener mon entreprise à bonne fin et crus devoir me résigner à la nécessité de descendre. Mais ce découragement ne fut que passager. Je réfléchis que l'homme est l'esclave de l'habitude et que beaucoup de choses, dans la routine de son existence, sont considérées comme essentiellement importantes, qui n'ont d'importance que parce qu'il en a fait des habitudes. Il était certain que je ne pouvais me passer de sommeil; mais je pouvais facilement arriver à n'éprouver aucun inconvénient d'être éveillé toutes les heures pendant le cours de mon sommeil. Il ne me fallait que cinq minutes au plus pour renouveler l'air de ma chambre, et la difficulté se réduisait à trouver un moyen de m'éveiller à l'heure fixée pour cette opération. C'était encore un problème dont la solution ne laissa pas de me donner quelque peine. J'avais bien entendu parler de cet étudiant qui, pour ne pas s'endormir sur ses livres, tenait dans une de ses mains une boule de cuivre, dont la chute dans un bassin de même métal placé par terre à côté de sa chaise, produisait un bruit suffisant pour le réveiller en sursaut, si par hasard il se laissait aller à l'influence du sommeil. Mais mon cas était tout différent, et je ne pouvais employer un semblable moyen : ce que je voulais, n'était pas d'être tenu éveillé, mais simplement d'être réveillé à certains intervalles réguliers. Je m'avisai enfin de l'expédient suivant, qui paraîtra bien simple à Vos Excellences, mais que je n'en saluai pas moins, au moment de sa découverte, comme une invention au moins égale à celle du télescope, de la machine à vapeur, ou de l'imprimerie.

« Je dois dire d'abord qu'à la hauteur où j'étais parvenu, le ballon continuait de monter en ligne droite et que la nacelle suivait son mouvement avec une régularité parfaite, sans éprouver la moindre oscillation. Cette circonstance m'aida beaucoup dans l'exécution de mon projet. Ma provision d'eau était renfermée dans des barils de quarante pintes chacun, bien arrimés autour de l'intérieur de la nacelle. J'en détachai un; puis, prenant deux cordes, je les fixai solidement en travers de la nacelle, d'un bord à l'autre, disposées parallèlement et à un pied de distance, elles formaient une espèce de tablette, sur laquelle je plaçai mon baril, en l'assujettissant dans une position horizontale. A huit pouces environ au-dessous de ces cordes et à quatre pieds du fond de la nacelle, j'établis une autre tablette, mais faite d'une planche mince, la seule en ma possession qui pût servir à cet usage. Sur cette tablette inférieure, et immédiatement au-dessous d'une des extrémités du baril, j'installai une petite cruche en terre. Je perçai alors un trou dans le fond du baril qui correspondait à cette cruche et je bouchai ce trou avec une cheville de bois tendre, amincie par un bout. J'enfonçai cette cheville plus ou moins, jusqu'à ce que, après quelques essais, elle s'adaptât au baril tout juste assez pour que l'eau, filtrant par le trou et tombant goutte à goutte dans la cruche, emplît cette dernière en soixante minutes; ce dont il me fut facile de m'assurer, en observant quelle était la portion de la cruche emplie dans un temps donné. On devine le reste. Mon lit était disposé au fond de la nacelle de telle manière que ma tête, lorsque j'étais couché, se trouvait directement au-dessous du bec de la cruche. Il était clair qu'au bout des soixante minutes, la cruche étant pleine déborderait et que son trop-plein s'écoulerait par le bec, légèrement incliné en avant. On conçoit également que l'eau, tombant ainsi sur mon visage d'une hauteur de plus de quatre pieds, ne pouvait manquer de m'éveiller sur-le-champ, quelque profond que fût mon sommeil.

« Il était au moins onze heures lorsque j'eus terminé mes préparatifs, et je me couchai immédiatement, plein de confiance dans l'efficacité de mon invention. Cette attente ne fut pas déçue. Je fus réveillé ponctuellement, d'heure en heure, par mon fidèle chronomètre; et chaque fois, après avoir revidé le contenu de la cruche dans le baril et fait fonctionner mon condensateur, je me rendormais. Ces interruptions régulières de mon sommeil me fatiguèrent même moins que je ne l'avais craint; et lorsque je me levai définitivement pour la journée, il était sept heures et le soleil était déjà fort élevé au-dessus de mon horizon.

« 3 *avril*. Je trouvai que mon ballon était parvenu à une hauteur immense, d'où la convexité de la terre était très-apparente. Je distinguai dans l'océan, au-dessous de moi, un groupe de points noirs qui devaient être des îles. Au-dessus de ma tête, le ciel était d'un noir de jais et les étoiles parfaitement visibles : j'ajouterai qu'elles n'avaient cessé de l'être depuis le premier jour. Bien loin dans le nord, j'aperçus à l'horizon une ligne d'une blancheur éclatante, que je supposai aussitôt être la limite méridionale des glaces polaires. Cette découverte excita vivement ma curiosité, car j'espérais m'avancer beaucoup plus au nord et peut-être me trouver, à un moment quelconque, directement au-dessus du pôle. Je regrettai que, dans ce cas, ma grande élévation ne me permît pas d'examiner les choses aussi bien que je l'aurais désiré : je pouvais, cependant, faire encore des observations intéressantes.

« Cette journée ne fut signalée par aucun autre incident extraordinaire. Mes divers appareils continuaient de fonctionner régulièrement, et le ballon montait toujours, sans aucune oscillation sensible.

Le froid était si vif, que je fus obligé de m'envelopper d'un gros paletot. Quand les ténèbres couvrirent la terre, je me couchai, quoique pendant plusieurs heures encore il fît grand jour tout autour de moi. Mon horloge hydraulique marcha avec la même précision que la nuit précédente, et, sauf les interruptions périodiques de mon sommeil, je dormis profondément jusqu'au lendemain matin.

« *4 avril.* Je me levai plein de santé et d'ardeur, et fus étonné du changement étrange qui s'était opéré dans l'aspect de la mer. La teinte bleu foncé qu'elle avait présentée jusqu'alors avait disparu en grande partie, et sa surface était actuellement d'un blanc grisâtre et d'un éclat éblouissant. La convexité de l'océan était devenue tellement évidente, qu'à l'horizon lointain la masse entière des eaux semblait se précipiter dans un abîme, et je me surpris prêtant l'oreille et cherchant à saisir les échos de l'immense cataracte. On n'apercevait plus les îles : avaient-elles disparu au delà de l'horizon dans le sud-est, ou bien était-ce ma plus grande élévation qui les dérobait à ma vue? c'est ce que je ne saurais dire : je penchais néanmoins pour cette dernière opinion. La bande de glace, vers le nord, devenait de plus en plus apparente; le froid avait perdu beaucoup de son intensité. Il ne survint, d'ailleurs, aucun incident remarquable, et je passai la journée à lire, ayant eu soin, en partant, de me munir de livres.

« 5 *avril.* Je pus contempler le singulier phénomène du soleil s'élevant à l'horizon, tandis que presque toute la surface visible de la terre était encore dans les ténèbres. Cependant la lumière finit par se répandre dans tout l'espace, et je vis ma bande de glace au nord ; elle n'était pas très-distincte, et sa couleur paraissait maintenant beaucoup plus foncée que celle des eaux de l'océan : il était évident que j'en approchais, et très-rapidement. Je crus distinguer encore une ligne de terre vers l'est et une autre vers l'ouest, mais sans avoir de certitude à cet égard. Température assez douce ; rien d'extraordinaire : je me couchai de bonne heure.

« 6 *avril.* Je fus surpris de me trouver à une distance peu considérable de la limite des glaces, que je voyais au delà s'étendre à perte de vue vers le nord. Il était évident que si le ballon ne changeait pas de direction, il arriverait bientôt au-dessus de l'océan boréal, et que je ne tarderais pas à voir le pôle. Je continuai, pendant toute la journée, à me rapprocher des glaces. Vers le soir, mon horizon s'agrandit tout à coup d'une manière très-sensible, en raison sans doute de la forme de la terre, qui est celle d'un sphéroïde aplati, et parce que j'arrivais au-dessus des régions qui avoisinent le cercle arctique. Lorsqu'enfin la nuit fut venue, je me couchai tout agité par la crainte de passer au-dessus d'un objet aussi curieux sans avoir l'occasion de l'observer.

« *7 avril*. Je me levai de bonne heure, et, à ma grande joie, je vis enfin ce que je jugeai sans hésitation devoir être le pôle nord lui-même. Il était là, sans l'ombre d'un doute, directement sous moi, mais malheureusement à une telle distance, qu'il était impossible de rien distinguer avec netteté. En effet, d'après la progression des chiffres indiquant mes différentes hauteurs à différentes époques successives, du 2 avril à six heures du matin, jusqu'à neuf heures moins vingt minutes de cette matinée (heure à laquelle mon baromètre avait cessé de fonctionner), j'étais fondé à croire qu'en ce moment, 7 avril à quatre heures du matin, je n'étais pas à moins de sept mille deux cent cinquante-quatre milles au-dessus du niveau de la mer. Cette élévation pourra paraître immense; mais les calculs sur lesquels je basais mon évaluation donnaient un résultat, selon toute probabilité, bien au-dessous de la vérité. Quoi qu'il en soit, mes regards embrassaient la terre dans son plus grand diamètre; l'hémisphère septentrional était étendu, sous mes yeux, comme une carte géographique dont l'équateur formait le contour en même temps que la limite de mon horizon. Cependant Vos Excellences concevront facilement que les régions, jusqu'à présent inaccessibles, qui sont en dedans du cercle polaire, quoique directement au-dessous de moi et vues par conséquent sans raccourci, m'apparaissaient encore sous un rapetissement beaucoup trop considérable pour que je puisse les examiner à mon gré; mais ce qu'on en voyait ne laissait pas d'être fort intéressant. Au nord de cette bordure de glace dont je vous ai parlé, et qui forme, à peu de chose près, la limite des explorations humaines dans cette partie du globe, continue de s'étendre, presque sans interruption, une immense croûte de glace. D'abord sensiblement déprimée, cette croûte s'aplanit graduellement, puis, s'affaissant de plus en plus, se termine, au pôle même, en une cavité circulaire bien indiquée, dont le diamètre apparent soustendait, par rapport à mon ballon, un angle d'environ soixante-cinq secondes, et qui formait, au milieu de cette calotte de glace, une tache obscure variant d'intensité, mais toujours plus sombre qu'aucun autre point de l'hémisphère visible et passant parfois au noir le plus foncé. A midi, cette tache circulaire paraissait beaucoup plus petite, et, à sept heures du soir, je la perdis entièrement de vue, le ballon passant par-dessus le bord occidental des glaces et se dirigeant rapidement vers l'équateur.

« 8 *avril.* Je remarquai une diminution sensible dans le diamètre apparent de la terre, sans parler d'un notable changement dans la couleur et l'aspect général de cette planète. Toute la surface visible était maintenant d'une teinte jaune pâle, sauf certaines parties qui brillaient d'un éclat extraordinaire. Ma vue était gênée par les nuages amoncelés dans les régions inférieures de l'atmosphère, et qui ne me laissaient entrevoir que partiellement et de temps à autre la surface terrestre. J'avais déjà eu l'occasion, depuis deux jours, de constater cet inconvénient; mais à l'énorme hauteur à laquelle j'étais parvenu, rapprochant en quelque sorte ces masses flottantes de vapeurs, leur interposition devenait de plus en plus incommode à mesure que je m'élevais davantage. Il me fut facile néanmoins de reconnaître que mon ballon planait au-dessus des grands lacs de l'Amérique du nord et se portait en ligne droite vers le sud, ce qui devait m'amener bientôt sur les tropiques. Cette circonstance me causa la plus vive satisfaction, et je l'accueillis comme un heureux présage. La direction prise jusqu'alors m'avait, en effet, inspiré quelque inquiétude; car il était évident que si je l'eusse suivie beaucoup plus longtemps je n'aurais eu aucune chance d'arriver à la lune, dont l'orbite n'est inclinée au plan de l'écliptique que de 5° 8′ 48″. Chose étrange! ce fut alors seulement que je commençai à comprendre la faute grossière que j'avais commise en ne prenant pas, pour point de départ, quelque lieu de la terre situé dans le plan de l'ellipse lunaire.

« 9 *avril.* Le diamètre de la terre était encore diminué, et la surface du globe prenait d'heure en heure une teinte d'un jaune plus foncé. Le ballon, poursuivant sa marche vers le sud, arriva à neuf heures du soir au-dessus du bord septentrional du golfe du Mexique.

« 10 *avril.* Je fus réveillé en sursaut, vers cinq heures du matin, par un grand bruit ou craquement dont je ne pus en aucune façon me rendre compte. Ce bruit, qui fut de très-courte durée, ne ressemblait à aucun bruit connu de moi. Pas n'est besoin de dire que je fus fort effrayé, ayant cru tout d'abord que c'était le ballon qui se déchirait; mais, après avoir examiné tout mon appareil aérostatique, je n'y trouvai rien de dérangé. Je passai une partie de la journée à méditer sur cet incident extraordinaire, mais sans pouvoir en déterminer la cause; aussi me couchai-je de fort mauvaise humeur et peu rassuré.

« 11 *avril.* Le diamètre de la terre me parût considérablement rapetissé, et je remarquai pour a première fois que celui de la lune, qui approchait de son plein, augmentait considérablement.

La condensation de l'air devenait une opération longue et pénible.

« 12 *avril*. Un changement singulier, et que j'avais d'ailleurs prévu, dans la direction du ballon, me causa un très-grand plaisir. Parvenu vers le 20e degré de latitude sud, il fit tout à coup route vers l'est, à angle aigu, et conserva toute la journée cette direction, se tenant à peu près, sinon tout à fait, dans le plan même de l'ellipse lunaire. Ce changement de direction eut pour effet d'imprimer à la nacelle un mouvement d'oscillation très-marqué et qui dura pendant plusieurs heures.

« 13 *avril*. Je fus alarmé de nouveau par la répétition de ce craquement qui m'avait tant effrayé le 10; j'y réfléchis longtemps encore, mais sans pouvoir arriver à une conclusion satisfaisante. Grande décroissance dans le diamètre apparent de la terre, qui ne sous-tend plus guère, relativement au ballon, qu'un angle de 25°. Impossible d'apercevoir la lune, qui se trouve à mon zénith. Le ballon se maintient toujours dans le plan de son ellipse, mais en faisant peu de progrès vers l'est.

« 14 *avril*. Décroissance extrêmement rapide du diamètre de la terre. Je me pénétrai fortement de l'idée que mon ballon remontait la ligne des absides en se dirigeant vers le point du périgée, en d'autres termes qu'il suivait précisément la direction qui devait lui faire rencontrer la lune dans la partie de son orbite la plus rapprochée de la terre. La lune elle-même était directement au-dessus de ma tête, et conséquemment cachée à ma vue. La condensation de l'air atmosphérique exige toujours un grand et long travail.

« 15 *avril.* Je ne pouvais plus distinguer nettement, sur la terre, les contours des continents et des mers. Vers midi, j'entendis pour la troisième fois ce bruit étrange qui m'avait causé tant d'effroi; il se prolongea pendant quelques instants en augmentant d'intensité. J'attendais, frappé de stupeur, quelque épouvantable catastrophe : ma nacelle s'agita violemment, et une masse gigantesque et enflammée, dont je ne pus distinguer la nature, passa près de mon ballon avec l'impétuosité de la foudre et un rugissement semblable à celui de mille tonnerres. Lorsque je fus un peu remis de ma terreur et de mon étonnement, je supposai que c'était quelque énorme fragment volcanique lancé du globe vers lequel je me dirigeais, et appartenant, selon toute probabilité, à cette classe de substances que l'on recueille quelquefois à la surface de la terre et qu'on désigne, faute de mieux, sous le nom d'aérolithes ou de pierres météoriques.

« 16 *avril.* Essayant aujourd'hui de voir ce qui se passait au-dessus de moi en regardant tour à tour par chacune de mes fenêtres latérales, j'aperçus une très-petite portion du disque de la lune, qui débordait en quelque sorte tout autour de la vaste circonférence de mon ballon. Mon agitation devint extrême, car j'avais maintenant la presque certitude d'arriver bientôt au terme de mon périlleux voyage. Le travail exigé par la manœuvre du condensateur était excessivement fatigant et me laissait à peine quelques moments de repos. Je ne dormais presque plus : j'étais épuisé et tout à fait malade. La nature humaine ne pouvait résister longtemps aux souffrances que j'endurais. Pendant la nuit, si je puis appeler ainsi un intervalle d'obscurité maintenant très-court, une pierre météorique passa encore dans mon voisinage et le retour fréquent de ces phénomènes commença à m'inquiéter vivement.

« 17 *avril.* La matinée de ce jour fit époque dans mon voyage. On se rappellera que, le 13, la terre sous-tendait, par rapport à moi, un angle de 25°. Le 14 cet angle était bien diminué ; et le 16 au soir il n'était pas de plus de 7° 15'. Qu'on juge de mon étonnement lorsque, le matin du 17, en m'éveillant d'un sommeil court et agité, je reconnus un accroissement soudain, énorme, dans les dimensions du globe qui occupait au-dessous de moi la position de la terre, et dont le diamètre ne sous-tendait pas un angle moindre de 39° ! Je fus confondu ! Il n'y a pas d'expressions qui puissent rendre l'horreur, la stupéfaction dont je fus saisi et qui s'emparèrent de tout mon être. Mes genoux fléchirent sous moi, mes dents claquèrent, mes cheveux se hérissèrent sur ma tête. Le ballon avait donc crevé! Je tombais, je tombais avec la vitesse la plus prodigieuse, avec une vitesse qui dépassait tout ce que l'imagination pouvait concevoir! A en juger par l'espace immense déjà parcouru en si peu de temps, je devais, en dix minutes tout au plus, arriver à la surface de la terre et m'y briser, si je n'étais englouti dans l'Océan! Telles furent les premières idées qui passèrent tumultueusement à travers mon cerveau. Mais la réflexion vint enfin à mon aide et je commençai à avoir des doutes. Il était impossible que je fusse descendu aussi rapidement; et, quoique j'approchasse évidemment de la surface qui se trouvait au-dessous de moi, la vitesse avec laquelle j'en approchais, quelque grande qu'elle fût, n'était nullement en rapport avec celle que j'avais d'abord rêvée. Cette considération contribua puissamment à calmer le trouble de mon esprit, et je pus enfin envisager le phénomène sous son véritable jour. Il fallait, en effet, que l'étonnement m'eût privé de l'usage de mes sens pour que je ne remarquasse pas combien l'aspect physique de la surface vers laquelle je descendais différait de celui de la terre. En fait, cette dernière se trouvait alors au-dessus de ma tête et complétement cachée par le ballon, tandis que la lune, la lune elle-même dans toute sa magnificence, s'étendait à mes pieds.

« La surprise, la stupeur produite dans mon esprit par ce changement extraordinaire dans la situation des choses, était peut-être, après tout, ce qu'il y avait dans tout cela de moins susceptible d'explication. Car ce renversement en lui-même était non-seulement naturel, et je dirai même inévitable, mais j'avais prévu depuis longtemps qu'il aurait lieu lorsque j'arriverais au point où l'attraction du satellite se substituerait à celui de la planète, ou, pour parler plus clairement, au point où la gravitation du ballon vers la terre serait moins puissante que la gravitation vers la lune. Il est vrai de dire que, me réveillant avec mes perceptions encore confuses, je m'étais trouvé tout à coup en présence d'un phénomène saisissant et qui, bien qu'attendu, ne l'était pas précisément à ce moment. La révolution elle-même dut s'opérer facilement, peu à peu et sans secousse, et il est plus que probable qu'eussé-je été éveillé lorsqu'elle eut lieu, je n'en aurais été averti par aucun inconvénient personnel ou dérangement dans mes appareils.

« Il est presque inutile de dire qu'une fois revenu à la conscience de ma situation et délivré de la terreur qui avait d'abord paralysé mes facultés, la contemplation de l'aspect général de la lune absorba exclusivement mon attention. Elle était étalée sous mes yeux comme une carte ; et, bien que je jugeasse que j'en étais encore à une distance considérable, les dentelures et les inégalités de sa surface se dessinaient à mes regards avec une netteté que je ne pouvais m'expliquer. L'absence complète d'océan, de mers, de lacs, de rivières, en un mot de masses d'eau quelconques, me frappa tout d'abord comme le caractère le plus remarquable de sa constitution géologique. Et pourtant, chose étrange ! je distinguai de vastes régions de plaines de formation évidemment alluviale, quoique la plus grande partie de l'hémisphère exposé à ma vue fût hérissée d'innombrables montagnes volcaniques, de forme conique, et ressemblant plutôt à des protubérances artificielles que naturelles. Les plus hautes de ces montagnes n'ont pas plus de trois milles trois quarts d'élévation perpendiculaire ; au reste, une carte des districts volcaniques des *Campi Phlegræi* donnerait à Vos Excellences une meilleure idée de leur aspect général que toute description que j'essayerais d'en faire. La plupart de ces volcans étaient évidemment en activité, et je pouvais me faire une idée de la violence de leurs éruptions aux sifflements formidables et de plus en plus fréquents des soi-disant pierres météoriques qui continuaient de passer à côté du ballon, mais lancées maintenant de bas en haut.

« 18 *avril*. Aujourd'hui je remarquai une énorme augmentation dans le volume apparent de la lune, et la vitesse évidemment accélérée avec laquelle je descendais commença à m'alarmer sérieusement. On se rappellera qu'au début de mes spéculations sur la possibilité d'un voyage à la lune, j'avais supposé et fait entrer dans mes calculs qu'il existait dans le voisinage immédiat de ce satellite une atmosphère dont la densité devait être proportionnelle à sa masse. Cette supposition était, à la vérité, contraire aux idées généralement reçues; mais, indépendamment des conséquences que j'avais déduites du phénomène de la lumière zodiacale et de la marche de la comète d'Encke, j'avais été confirmé dans mon opinion par certaines observations de M. Shroeter de Lilienthal. Cet astronome observa un soir, peu après le coucher du soleil, la lune, âgée de deux jours et demi. Les deux cornes du croissant présentaient chacune, à leur extrémité, une sorte de prolongement très-effilé et faiblement éclairé par les rayons du soleil, alors qu'aucune partie de l'hémisphère obscur n'était encore visible. Je jugeai que ce prolongement des pointes du croissant devait avoir pour cause la réfraction des rayons solaires par l'atmosphère de la lune. Je calculai aussi que la hauteur de cette atmosphère (qui pouvait réfracter assez de lumière dans son hémisphère obscur pour produire un crépuscule plus lumineux que la lumière reflétée de la terre, à cet âge de la lune), était de mille trois cent cinquante-six pieds : dans ce calcul, je supposais que la plus grande hauteur capable de réfracter le rayon solaire était de cinq mille trois cent soixante-seize pieds. Mes idées à cet égard avaient encore été confirmées par un passage du LXXXIIe volume des *Transactions philosophiques*, où il est dit que, lors d'une occultation des satellites de Jupiter, le troisième disparut après avoir été indistinct pendant une ou deux secondes de temps, et que le quatrième cessa d'être visible en approchant du limbe[1].

« J'avais donc compté, pour opérer ma descente en sûreté, sur la résistance ou, pour parler plus exactement, sur le soutien d'une atmosphère lu-

1. Hévélius écrit qu'il a remarqué plusieurs fois, dans des cieux parfaitement clairs, où les étoiles même de sixième et de septième grandeur étaient très-visibles, et en faisant usage du même excellent télescope, que la lune, à la même hauteur et à la même élongation de la terre, ne paraissait pas toujours également lumineuse. Il est évident que la cause de cette différence ne pouvait être ni dans notre atmosphère, ni dans l'instrument, ni dans l'œil du spectateur, ni dans la lune elle-même, mais qu'il faut la chercher dans quelque chose (une atmosphère?) existant autour du satellite.

Cassini a souvent remarqué que Saturne, Jupiter et les étoiles fixes, sur le point d'être occultés par la lune, prenaient une forme allongée; d'autres fois il n'a, dans les mêmes circonstances, observé aucun changement de forme. On pourrait en conclure que la lune est quelquefois, mais pas toujours, enveloppée d'une matière dense dans laquelle se réfracte la lumière des astres.

naire existant à l'état de densité que j'imaginais. Si, après tout, je m'étais trompé, je n'avais rien de mieux à attendre, comme dénoûment de mon entreprise, que de me voir brisé en mille morceaux contre la surface inégale de notre satellite. Et, à vrai dire, je n'étais rien moins que rassuré. Je n'étais plus, relativement parlant, qu'à une faible distance de la lune, et cependant la difficulté de manœuvrer mon condensateur était toujours la même et rien n'indiquait que la rareté de l'air tendît à diminuer.

« 19 *avril.* Ce matin, vers neuf heures, la surface de la lune étant horriblement rapprochée et mes craintes excitées au plus haut degré, la pompe de mon condensateur donna enfin, à mon grand soulagement, des signes non équivoques d'un changement dans l'atmosphère. A dix heures j'eus lieu de croire que sa densité augmentait considérablement. A onze heures, l'appareil fonctionnait déjà facilement ; et à midi je me hasardai, après quelque hésitation, à desserrer peu à peu mon tourniquet : voyant qu'il n'en résultait aucun inconvénient, je finis par ouvrir tout à fait le sac de caoutchouc dans lequel je m'étais renfermé, et le repliant sur lui-même, je dégageai entièrement ma nacelle. Des spasmes et un violent mal de tête furent, comme on peut le croire, la conséquence immédiate de cette expérience un peu prématurée. Mais ces symptômes, accompagnés d'une certaine difficulté à respirer, n'étant pas de nature à mettre ma vie en danger, je résolus de les supporter de mon mieux, sachant d'ailleurs qu'ils ne pouvaient que diminuer à mesure que je pénétrerais dans les couches inférieures et plus denses de l'atmosphère lunaire. Ma descente, cependant, continuait d'être d'une extrême rapidité; et il devint bientôt certain que, si je ne m'étais probablement pas trompé en m'attendant à rencontrer une atmosphère d'une densité proportionnelle à la masse de la lune, j'avais eu tort de croire que cette densité serait suffisante, même à la surface de ce satellite, pour soutenir le poids de ma nacelle et de son contenu. Il aurait pourtant dû en être ainsi, comme à la surface de la terre, la pesanteur des corps à l'un et l'autre globe étant supposée en raison de la condensation atmosphérique. Mais il n'en était pas ainsi, et ma chute précipitée l'attestait assez : le fait, d'ailleurs, ne saurait s'expliquer qu'en tenant compte de ces désordres géologiques dont j'ai déjà indiqué la possibilité. Quoi qu'il en soit, j'étais maintenant tout près de notre satellite, vers lequel je descendais avec une incroyable impétuosité. Aussi me hâtai-je de jeter, d'abord mon lest, puis mes barils d'eau, puis mon appareil condensateur avec mon sac de caoutchouc, puis enfin tout ce qui se trouvait dans la nacelle. Mais tous ces sacrifices furent inutiles.

La rapidité de ma chute ne se ralentit pas et bientôt je ne fus plus qu'à un demi-mille de la surface. Comme dernière ressource, après m'être débarrassé de mon habit, de mon chapeau et de mes bottes, je détachai du ballon la nacelle elle-même, qui ne laissait pas d'être d'un certain poids, et m'accrochant de mes deux mains au filet, j'eus à peine le temps de remarquer que tout le pays aussi loin que la vue pouvait s'étendre était couvert de petites habitations assez rapprochées les unes des autres, avant de tomber au cœur même d'une ville à l'aspect fantastique et au milieu d'une foule de vilains petits êtres, dont pas un ne prononça une syllabe ou ne se mit en devoir de me prêter assistance, mais qui restèrent tous les poings sur les hanches, me regardant de travers, moi et mon ballon, et grimaçant comme des idiots. Je me détournai d'eux avec dégoût, et portant mes regards vers cette terre que j'avais si récemment quittée, et peut-être pour toujours, je l'aperçus dans le ciel, semblable à un grand bouclier de cuivre, d'environ deux degrés de diamètre, d'un aspect terne, et garni à l'un de ses bords d'un brillant croissant d'or. La surface de ce disque, où l'on ne distinguait aucune trace de terre ni d'eau, était obscurcie de taches variables et traversée, à l'équateur et aux tropiques, de bandes parallèles.

« Ainsi avec la permission de Vos Excellences, après

une suite de vives inquiétudes, de périls inouïs, de délivrances miraculeuses, j'étais enfin arrivé sain et sauf, le dix-neuvième jour après mon départ de Rotterdam, au terme du voyage le plus extraordinaire qui ait jamais été achevé, entrepris, ou même conçu par un habitant de la terre. Mais il reste encore à raconter mes aventures; et Vos Excellences comprendront facilement qu'après un séjour de cinq années sur une planète qui, déjà si intéressante par elle-même, l'est doublement encore par ses rapports intimes avec le monde que nous habitons, je suis en mesure de fournir au Collége des Astronomes des informations bien autrement importantes que les détails, quelque curieux qu'ils soient, de cette traversée si heureusement accomplie. Tel est, en effet, le cas. Il y a une infinité de choses que je serais heureux de communiquer à mes concitoyens. J'ai beaucoup à dire sur le climat de la lune; sur ses alternatives singulières de froid et de chaud, tour à tour brûlée qu'elle est pendant une quinzaine par les feux du soleil dont rien ne tempère l'ardeur, puis soumise, pendant la quinzaine suivante, à la température glaciale des régions polaires; sur une translation continuelle d'humidité, par une distillation semblable à celle qui a lieu dans le vide, du point situé au-dessous du soleil à celui qui en est le plus éloigné; sur une zone variable d'eau courante; sur les habitants eux-mêmes, leurs mœurs, leurs coutumes, leurs institutions politiques; sur leur conformation particulière, leur laideur, leur absence d'oreilles, appendices inutiles dans une atmosphère ainsi modifiée; sur leur ignorance de l'usage et des propriétés du langage, conséquence naturelle de cette privation des organes de l'ouïe; sur l'étrange moyen de communication qu'ils ont imaginé pour remplacer la parole, sur les rapports mystérieux qui existent entre chaque habitant de la lune et quelque habitant de la terre, rapports analogues et subordonnés à ceux qui existent entre les orbes de la planète et du satellite, et par suite desquels l'existence et les destinées des habitants de l'une sont intimement liées aux destinées et à l'existence des habitants de l'autre; mais par-dessus tout, si tel est le bon plaisir de Vos Excellences, sur les sombres et hideux mystères que recèlent les régions *extérieures* de la lune, régions qui, par suite de la merveilleuse concordance de la rotation de cet astre sur son axe avec sa révolution sidérale autour de la terre, n'ont jamais encore été exposées à l'investigation des lunettes astronomiques. Voilà ce que je voudrais raconter, et beaucoup d'autres choses encore. Mais tout service mérite son salaire. Il me tarde de revoir ma famille et mes foyers; et, comme récompense des communications ultérieures que je suis disposé à faire, en considération du jour qu'il dépend de moi de jeter sur plusieurs branches importantes des sciences physiques et mathématiques, je viens solliciter, par l'intervention et l'influence de votre honorable société, le pardon du crime dont je me suis rendu coupable à l'égard de mes créanciers. Tel est l'objet de la présente missive. Le porteur, habitant de la lune, qui a bien voulu s'en charger et à qui j'ai donné les instructions nécessaires pour son voyage, attendra le bon plaisir de Vos Excellences et me rapportera la grâce en question, s'il est possible de l'obtenir.

« J'ai l'honneur d'être, etc. »

Après avoir achevé la lecture de cet étrange document, le professeur Rubadub, dans l'excès de sa surprise, laissa, dit-on, tomber sa pipe, et mynheer Superbus Von Underduk, ayant ôté ses lunettes, les ayant essuyées et mises dans sa poche, oublia sa dignité au point de faire trois pirouettes sur son talon, dans un paroxysme d'étonnement et d'admiration. On obtiendrait la grâce, cela ne pouvait faire de doute. Tel fut, du moins, le serment que fit, en l'accompagnant d'un juron énergique, le savant professeur, et telle fut aussi, en définitive, l'opinion de l'illustre Von Underduk, qui, prenant le bras de son collègue, s'achemina gravement vers son domicile, pour y tenir conseil sur les mesures à prendre. Arrivés à la porte du bourgmestre, le professeur se hasarda à suggérer que le messager ayant jugé à propos de disparaître, effrayé sans aucun doute par les mines rébarbatives des bourgeois de Rotterdam, la grâce demandée ne servirait pas à grand'chose, puisqu'on ne trouverait, selon toute probabilité, personne autre qui voulût entreprendre un pareil voyage. Le bourgmestre ayant reconnu la justesse de cette observation, l'affaire en resta là. Mais il n'en fut pas de même des rumeurs et des caquets. La fameuse lettre, ayant été publiée, donna lieu à toutes sortes de commentaires. Quelques esprits forts allèrent même jusqu'à prétendre que toute cette histoire du restaurateur de soufflets n'était qu'une odieuse mystification. Mais le mot mystification est, je crois, un terme général, abusivement employé par certaines gens pour désigner tout ce qui est au-dessus de leur compréhension. Quoi qu'il en soit, voici les raisons qu'ils alléguaient à l'appui de leur opinion ; ils disaient :

1° Que certains mauvais plaisants de Rotterdam en voulaient beaucoup à certains bourgmestre et astronomes ;

2° Qu'un petit avorton contrefait, escamoteur de profession, qui avait eu, en punition de je ne sais quel méfait, les deux oreilles coupées à fleur de tête, avait depuis quelques jours disparu de la ville de Bruges, peu éloignée, comme on sait, de Rotterdam ;

3° Que les journaux collés tout autour du petit ballon étaient des gazettes de Hollande et ne pouvaient par conséquent venir de la lune. C'étaient de vieux journaux, très-sales, et l'imprimeur Gluck était prêt à jurer sur la Bible qu'ils sortaient des presses mêmes de Rotterdam ;

4° Que Hans Pfaall en personne, qui n'était qu'un ivrogne, et les trois compères désignés comme ses créanciers, avaient été vus, il n'y avait pas plus de deux ou trois jours, attablés dans un cabaret des faubourgs, de retour d'une excursion d'outre-mer, où ils avaient ramassé quelque argent ;

5° Enfin que c'est une opinion très-généralement accréditée, ou qui devrait l'être, que le collége des astronomes de la ville de Rotterdam, aussi bien que tous les autres colléges d'astronomes de toutes les parties du monde, sans parler des colléges et des astronomes en général, ne sont, pour ne pas dire plus, ni meilleurs, ni plus grands, ni plus savants qu'ils ne devraient l'être.

Nous ne saurions, pour notre part, nous associer à des propos aussi irrévérencieux. Mais ayant, narrateur fidèle, mis les pièces du procès sous les yeux du lecteur, nous le laisserons formuler lui-même son opinion.

FIN.

Imprimerie de Ch. Lahure (ancienne maison Crapelet)
rue de Vaugirard, 9, près de l'Odéon.

www.ingramcontent.com/pod-product-compliance
Ingram Content Group UK Ltd.
Pitfield, Milton Keynes, MK11 3LW, UK
UKHW021046230726
13926UKWH00004B/1688

9 782016 132234